U0928734

名 家 经 典 散 文 丛 书

找一个愿意跟我去流浪的人

（法）阿尔蒂尔·兰波 著
布莉莉 译

江苏凤凰文艺出版社
JIANGSU PHOENIX LITERATURE AND ART PUBLISHING, LTD

图书在版编目（CIP）数据

找一个愿意跟我去流浪的人 / (法) 阿蒂尔 · 兰波著 ;
布莉莉译 . -- 南京 : 江苏凤凰文艺出版社 , 2018.4 （2024.2 重印）
（名家经典散文丛书）
ISBN 978-7-5594-0678-1

Ⅰ . ①找… Ⅱ . ①阿… ②布… Ⅲ . ①散文集 – 法国
– 近代 Ⅳ . ① I565.64

中国版本图书馆 CIP 数据核字 (2017) 第 134036 号

书　　　名	找一个愿意跟我去流浪的人
著　　　者	（法）阿尔蒂尔 · 兰波
译　　　者	布莉莉
责 任 编 辑	黄孝阳　王　青
出 版 发 行	江苏凤凰文艺出版社
出版社地址	南京市中央路 165 号，邮编：210009
出版社网址	http://www.jswenyi.com
印　　　刷	三河市双升印务有限公司
开　　　本	880 × 1230 毫米　1/32
印　　　张	10.75
字　　　数	259 千字
版　　　次	2018 年 4 月第 1 版　2024 年 2 月第 4 次
标 准 书 号	ISBN　978-7-5594-0678-1
定　　　价	69.80 元

（江苏凤凰文艺版图书凡印刷、装订错误可随时向承印厂调换）

目 录

序诗

如果记忆忠于我的话，我过去的生活是一场盛大的宴席。在那里，所有的心灵都尽情袒露，所有的美酒都恣意流淌。

一夜，我将“美”拥在臂弯——我感到她面容凄苦——而我却侮辱了她。

我昂起钢铁般的头颅，反抗正义。

我逃走了。噢，女巫、灾难、仇恨！我的珍宝财富都将交付你们保管！

人类的全部希望在我这里都已凋落枯槁。在思想里，我已将每份喜悦击

① 原诗并无标题，全诗写成后将其置于前面，作为序诗。

落、扼死，如阴鸷猛兽扑食般悄无声息。

我呼唤刽子手，想用牙嚼着他们的枪托死去。我召来瘟疫，为了在沙与血中窒息。不幸是我的上帝。我倒在泥淖之中，在罪恶熏染的空气中把自己晾干。我装疯卖傻直至癫狂。

可是春天却带给我白痴的狞笑。

日子近了，我就要发出老人的沙哑嗓音。我想寻找那把开启昔日盛宴的钥匙，在那里，我或许重拾食欲。

那把钥匙就是仁慈——这想法证实了我是在做梦！

“你还是做鬣狗去吧，或者其他等等……”魔鬼大声喊道，他曾为我戴上妖艳的罂粟花冠，“用你全部的欲望、自私以及所有深重的罪孽去寻求死亡。”

啊，我已索取得太多了。不过，亲爱的撒旦，我请求你，不要生气！既然你看重的根本不是作家的描写或教诲才能，在我因胆怯而几欲退缩之前，就让我递给你几页发着臭气的、被诅咒的灵魂的日记吧。

坏血统

我从高卢[①]祖先那里继承了蓝白相间的眼睛、褊狭的头颅以及战斗中的粗笨拙劣。我觉得我的衣着和他们的一样野蛮，只是我不在头发上涂抹油脂罢了。

高卢人是当时最愚蠢的剥兽皮者和烧草种荒者。

从他们那里，我继承了偶像崇拜以及亵渎神圣的癖好。哦，还有种种恶习，暴怒、淫荡（美妙的淫荡）、说

① 拉丁语Gallia，是指现今西欧的法国、比利时、意大利北部、荷兰南部、瑞士西部和德国莱茵河西岸一带。

谎，尤其是懒惰。

我恐惧一切职业。主子和工人同样粗俗下贱、平庸无奇。握着笔杆的手同握着犁耙的手一样，这真是个手的时代啊！我不会再去学习使用自己的双手了，况且奴役是如此深重。行乞的礼貌得体使我羞愧汗颜，罪犯如同阉人那般令人作呕。我完好如初，未受损害。不过，我毫不在乎。

但是，我的舌头一直哄诱我无所事事，是谁使它变得如此狡诈？我甚至没有为了活下去而动用我的身体，我比熟睡的癞蛤蟆还要懒惰。我四处鬼混羁留，没有一个欧洲家庭是我不知道的，我是说像我这样的家庭，由于《人权宣言》而存在的家庭。我深知这种家庭里的每一个孩子！

如果我的人生经历与法兰西历史中的某一点有关联该有多好！

但是没有，一点也没有。

我清楚地意识到，我总是属于劣等种族，不理解何为反叛。我所属的种族只会掠夺，从不会造反，就像狼群对待它们尚未咬死的牲畜。

我记得法兰西的历史，它是教会的长女。我本贱民，也曾想前往圣地远行。我的脑海里映现着施瓦本[①]平原上的条条道路，拜占庭的风景，耶路撒冷的围墙[②]。对玛利亚的崇拜，对被钉在十字架的基督的怜悯，在我脑海里翻涌，伴随着一千种渎神的蜃景。在被阳光吞噬的墙角，我满身疮痍，坐在破罐和荨麻之中。后来，我变成了一个游荡的雇佣骑兵[③]，在德国的黑夜里露宿街头。

啊，还有：在猩红色的林间空地上，我和老妇、幼童疯狂地舞蹈。

---

① Schwaben，位于德国西南部地区，包括今德国巴登-符腾堡州南部和巴伐利亚州西南部，以及瑞士东部和阿尔萨斯。

② 此处所提到的施瓦本、拜占庭、耶路撒冷指十字军东征所经途程。

③ 指15—17世纪法国的德国籍雇佣骑兵。

我记得的并不很多，只有这块土地和基督教。我只在往昔里回顾自己，但总是孤苦无依，无家可归。我也不记得自己讲过何种语言。不管是基督教的教诲，还是代表基督的领主的训诫，我都没有听取。在过去的世纪里我是谁？我只看到今日的自己。流浪汉和晦暗不明的战争都已过去，劣等种族已经横扫一切——人民（他们这样称呼）、理性、国家和科学。

啊，科学！人们已经掌握一切。为了肉体和灵魂（这最后的圣事），我们有了医学和哲学，有了家庭药方和重新整理的民间歌谣，有了皇家的娱乐消遣以及君王禁止的种种游戏，还有地理学、宇宙学、力学、化学……

科学，这新的贵族！进步！世界在前进！……世界怎么会不前进呢？

我们怀有“数字”图景，我们走向“圣灵”，这是神谕的，并确定不移。我心里很明白，既然我除了用异教徒的话语外无法清楚表达自己，那我宁愿保持沉默。

异教徒之血重新归来！“圣灵”就在身旁，为什么基督不佑助我，赋予我灵魂高贵和自由？啊，福音已成过去！福音！福音……

我贪婪地等待着上帝的莅临。我生生世世都是劣等种族。

现在，我置身于布列塔尼[1]的海岸，城市在黑夜里将自己点燃。我的白日已尽，我即将离开欧洲。咸湿的海风灼烧着我的肺腑，遥远的海外气候使我的皮肤粗粝变黑。我游泳、研磨药草、狩猎，我吸烟、喝猛烈如熔化金属般的烈酒，就像当年我那些亲爱的祖先们围坐在篝火旁时那样。

且等我归来，带着钢铁之躯、皮肤黝黑、怒目而威。看到我这副妆容，他们会认为我属于强悍的种族。我将拥有黄金。我将变得野蛮而又懒散。女人们会照料这些从热带归来的凶悍的废人。我将涉足政治。我得救了。

---

① 法国西部的一个地区。

现在，我仍被诅咒，我憎恨我的祖国。最惬意的莫过于横身沙滩，醺然酣眠。

没有人上路。让我们再次循着这些道路出发，同时也携带着我的邪恶——这邪恶自理性年代就把它残虐的根须驻扎在我的体内——它还在不断蔓延上升，击打我，掀倒我，蹂躏我。

最后的纯真，最后的羞怯，都已道尽。不要把我的憎恶与背叛带进这世界。

好了，出发！跋涉、负重、沙漠、无聊与愤怒。

我受雇于谁？崇慕哪个畜生？摧毁怎样神圣的形象？击破哪些心灵？坚持什么样的谎言？在怎样的血水里跋涉前行？

最好远离正义。艰辛的生活麻木不仁，最好用枯槁的手掀开棺盖，躺下去窒息。这样就没有衰老、没有危险。恐怖不属于法兰西。

啊！我被抛弃了。我愿向任何神祇献出我向往完美的激情。

噢，我的克制、牺牲，我非凡的善心、我无私的爱，只存在于凡世！

De profundis,Domine[①]……我愚蠢极了！

当我还是孩子的时候，我就敬慕终年被牢狱监禁的强硬苦役犯。我曾经遍访他住过的小旅店和租住过的陋室，他令那些地方神圣。我用他的眼睛去观望蓝天和开满鲜花的田野，并在城市的街道追寻他致命的气息。他比圣徒更坚强有力，比探险者更敏锐机警。他，只有他，是自己光荣、正直的见证！

在隆冬深夜，沿着空旷的街道，没有住所、寒气逼人、饥肠辘辘，有一个声音将我冰冻的心攫住："软弱或强大，你就是力量。你不知到哪里去，也不知因何前往。你可以去任何地方，应付任何人。反正是死尸一具，无人可以杀

① 拉丁文，"我内心深处向上帝。"

害你。”清晨，我眼神空虚茫然，面色暗如死灰，以致于我遇见的人们都对我视而不见。

在城市里，污泥忽而红色，忽而黑色，像邻室灯光摇曳下的一面镜子，亦像丛林里隐现的珍奇。“多么幸运!”我喊道。我看见火焰之海蒸腾，浓烟向上飞窜，四面八方所有的珍宝如亿万雷电喷射着火光。

但是，狂欢宴饮、美女围绕，于我却可望不可即，我甚至没有一个伙伴。我看见自己站在愤怒的民众面前，面对行刑队，我痛苦并请求宽恕，但我的悲痛他们不懂——就像贞德[①]那样!“神父、教授、法官，你们押我交付审判实在是错了。我从来不属于你们这类人，也不是基督徒。我是在断头台前引颈歌唱的族裔，我不懂你们的律法，也没有道德管束。我是未经规训、兽性未脱的野蛮人。你们都搞错了……”

是的，你们的光，我避而不见。我是一头野兽，一个黑奴，但我会得救。你们是假黑人，是狂躁、凶残、吝啬之人。商人，你是黑人；法官，你是黑人；将军，你是黑人；皇帝——你个老鬼，也是黑人，你喝了撒旦造出来的免税酒液。废者和老人是令人尊敬的，因为他们请求将自己煮沸消毒。这个国家被狂热和癌症所激荡，“疯狂”正在那里潜行游荡，为这些恶棍提供人质。最好的办法是逃离这个大陆。我进入了含[②]的子孙的真正王国。

---

① “圣女贞德”，法国民族英雄、军事家，天主教会的“圣女”。英法百年战争(1337年~1453年)时，她带领法国军队对抗英军的入侵，支持法查理七世加冕，为法国胜利做出了巨大贡献。后为勃艮第公国所俘，宗教裁判所以“异端”和“女巫罪”判处她火刑。

② 希伯来语:Ham,《圣经·创世纪》中的人物，挪亚的第二个儿子。《圣经》曾两次记载含是“迦南的父亲”。含因看过喝醉了的挪亚的下体，而让迦南受挪亚的咒诅，被咒为人奴。见《圣经·旧约·创世纪》九章1-25节。

我认识自然吗？我了解自己吗？不多说了。我已用肚腹埋葬完死者[①]……喊叫吧，敲鼓吧，跳舞、跳舞、跳舞！我无法设想白人登陆的时刻，那时我将跌入虚无。

焦渴，饥饿，喊叫！跳舞，跳舞，跳舞，跳舞！

白人登陆。大炮！必须接受洗礼，穿上衣服，起来工作[②]。

我的心，遭受了猛烈的一击。啊！我从未想过这会发生。

我从未作恶。我的日子会很轻松，并免于悔恨。我那几乎死于善心的灵魂不再承受煎熬，它像葬礼上的烛光，重新升起肃穆的光辉。家族长子的命运，是洒满涟涟泪水的早逝者的棺木。毋庸置疑，放荡是愚蠢的，邪恶是愚蠢的，腐朽应永被唾弃，而钟声应只为纯粹的痛苦而鸣。我是否会如孩童那样被带入天国，在那里尽情嬉戏玩耍，并忘记一切苦厄？

快！还有其他的命运吗？在财富中入睡是不可能的，因财富归众人所有。唯有神之爱能赐予开启知识的钥匙。于我，“自然”是善的呈示。别了，幻念！别了，理想！别了，谬误！

拯救之船上扬起天使理性的歌声，这就是神的爱，双重的爱。我或许会死于尘世之爱，死于献身。我已离开那些因我的离去而痛苦日益深重的灵魂。你从遇难沉沦者中选中了我，难道那些留下的人不是我的朋友？

救救他们！

理性从我身上复活。世界是好的，我要赞美生命，我要热爱弟兄。这不是幼稚的许诺，也不是企图逃避衰老和死亡。上帝赐予我力量，我赞美上帝。

---

① 兰波要为被西方人嘲弄的黑人正名。由于不知道圣体饼，不知道洗礼，黑人只是通过令人尊敬的食人习俗直率地将死去的人埋到自己的肚子里。——参引：让·吕克·斯坦梅茨《兰波传》，袁俊生译，上海人民出版社，2008年版11月，第238页。

② 指殖民者掠夺黑人的暴行。他们手拿福音书，打着虚假的人文主义的幌子，来奴役他们。

厌倦已不是我所钟爱，暴怒、淫荡、疯狂，它们的每种冲动、灾祸我全知晓。我的重负已全部卸下，请用清醒的头脑估量我的纯真，我再也不能从鞭笞中寻得安慰。我无法想象，我会踏上蜜月之旅，伴随耶稣这位岳父。

我不是自己理性的囚徒，我说过：“上帝，我愿在被拯救之中保持自由，如何才能求得？”轻浮的趣味已离我而去，无需神圣的爱，也无需再奉献自己。多愁善感的年纪并不令我悔恨。理性、藐视、仁慈，人各个不同，我在良知的天阶顶端保留了席位。

至于业已建立的幸福，家庭的或其他的……不，我无能为力。我太放纵，太软弱了。劳作令生活绽放、繁茂，这是古老的箴言，但不是我的。我的生活还不够沉重，它在行动之上浮荡并渐渐游离，成为世界的第三极。

因为缺乏热爱死亡的勇气，我已变成老处女！

我像古老的圣徒那样祈祷——圣徒皆坚强之士——愿上帝赐予我天国的宁静。隐修士这类艺匠我们已不再需要……

无休止的闹剧！我的纯真只能令我哭泣。生活是一出闹剧，我们都得出演。

够了，这是你的惩罚！前进！

啊！我肺腑灼热，太阳穴轰鸣！太阳在上，黑夜却在我眼前翻滚！我的心脏……我的肢体……

我们去哪儿？去战斗？我太软弱了！别人都冲上前去……工具，武器……给我时间！

开火！向我开火！打吧，否则我就投降！懦夫，我要杀死自己！我纵身扑向马蹄！啊！……

我会习惯的。

这将是法兰西的生活，荣誉之路！

地狱之夜

我刚吞下一口可怕的毒药——给我这么一个好主意，真该三倍地祝福！

五脏六腑在灼烧，猛烈的毒药使我四肢痉挛，扭曲变形，翻到在地。我焦渴，我窒息，我哭不出声音，这是地狱永无休止的折磨。看那熊熊烈焰，我理应被烧。来啊，魔鬼！

我曾一度看到善良幸福的景象，灵魂被拯救、宽宥。我该如何描绘所见之景？地狱的烟尘浓烈，不适宜颂歌！那里有无数神态安详、令人愉悦的造物，富于力量、平和、高贵的雄心，我不知这一切。

高贵的雄心！

但我仍然活着！让地狱里的惩罚永无止境吧！自残自毁之人必下地狱，不是吗？我信我身处地狱，我就在地狱，这是践行教理。我是我受洗的奴隶。你，我的父母，造成了我的痛苦，也作成你们自己的不幸，可怜的无辜者！对于异教之人，地狱是无力的。我仍然活着！从今往后，地狱会变成一种深刻的乐趣。快让我犯罪，按照人间的律法让我跌入虚无。

闭嘴，你闭嘴！这里的一切都令人感到耻辱。责难发火是无价值的，我的愤怒也愚蠢可笑。啊，够了！教唆我去犯的错误，魔法咒语，虚假的芳香，幼稚的音乐……认为我掌握了真理，看清了正义，判断健全明确，已日臻完美……那都是傲慢！我的头皮开始干紧。怜悯我吧！主啊，我害怕！水，我渴，如此焦渴！啊，童年、青草、雨水、路面上的泥浆、钟敲十二点时的月光……这样的时刻，魔鬼正在钟楼上！玛利亚！圣母！……我可怕的愚蠢。

看那里，那些不是可敬的灵魂？对我怀有善意的灵魂？来吧……一个枕头堵住了我的嘴。他们听不到我，他们只是些幽灵，何况也没人会考虑到他人。不要让他们靠近，我已闻到了异端的焦臭[①]，那确凿无疑。

幻影重重，无穷无尽。我一向如此，不信历史，无视规则。我将不再说起这些，诗人和幻想家都会嫉妒我。我千万次地成为最富有的人，我要将它们囤积成海洋。

哦，上帝，生命之钟刚刚停摆，我已不在人世。神学是确定无误的，地狱定在地下，天国在上。迷幻、噩梦、沉睡，在火焰的巢穴中。

---

① 天主教宗教裁判所用火刑烧死异教徒，据说，如果闻到焦臭气息，即表明此人确为异教徒。

思绪在田野闲散地漫游。撒旦，费尔迪南[1]，播撒着野蛮的种子。耶稣行走在紫色的荆棘上，但未将其压弯。耶稣也常行走于波荡的水面，在灯盏的照耀下，我们看到他在那儿：浑身素白、棕黄的长发，站在碧波中间……

我要揭开一切神秘的面纱：宗教与自然的奥秘，死亡与诞生，过去与未来，宇宙起源与混沌虚无。我是幻影的主人。

听！我神通广大！这里空无一人，可还有一人。我不想挥霍我的财富珍奇。要听黑人的吟唱吗？要看肚皮舞吗？要我隐遁无形吗？或者潜水去寻找指环？要吗？我会变出黄金和灵丹妙药。

那就信我吧！信仰会缓解痛苦、指引方向、疗救疾病。你们都过来——连小孩也来——让我献出绝妙的心灵去安慰你们！可怜的人，可怜的苦工们，我不要祈祷，只要你们一心信任，我就幸福万分！

现在，想想我吧。这一切会使我对世界并不留恋。我有幸如此，不必再遭更多苦厄。除了几件愉快的蠢事，我的人生一无所有，这多令人惋惜。

啊！我要尽我所能，扮出一切鬼脸！是的，我们处于世界之外，没有一丝声响。我的触感已经丧失。啊！我的城堡，我的萨克森[2]，我的柳树林！黄昏、清晨、黑夜、白昼……我已疲惫不堪！

我应该因愤怒而有地狱，因傲慢而有地狱，并因性爱而有地狱。好一首地狱的交响乐！

我疲倦了，我要死亡。这就是坟墓，而我正走向蛆虫，恐怖中的恐怖！撒旦，你这小丑，想用你的蛊惑人的魅力将我分崩瓦解。好，来吧！来吧！用叉子刺穿我，用火炙烤我！

---

① 据说在诗人故乡，称魔鬼为费尔迪南。

② 位于德国的东部。城堡、萨克森、柳树林皆为传说故事中的美景。

啊！再活过来，遭受一次！看看我们畸形的身躯，还有这毒药，以及被恒久诅咒了的拥吻！我的软弱，人世的残忍！我的上帝，垂怜我吧，将我隐藏起来，我真的扛不住了！我被隐匿了，又没有被隐匿。

火焰与被诅咒的灵魂同时升腾。

谵妄Ⅰ

愚蠢的童贞女

下地狱的丈夫

请听听一个地狱里同伴的忏悔：

“噢，上界的丈夫，我的主，请不要拒绝你最悲惨的女仆的忏悔告解。我迷失了，我喝醉了，我是不洁的！那是怎样的生活啊！

“主啊，请宽恕我，宽恕我！啊，宽恕这所有的泪水！以及日后所有的眼泪！

“此后，我将认识神圣的丈夫！我生来即是他的奴隶，屈从他的意志——现在，别人也可随意鞭打我！

“目前，我处在世界的最底层！哦，我的女伴……不，不是我的女伴……我从未经历过这些，谵妄、眩晕、折磨、苦痛、这种种一切……多么愚蠢！

“噢，我哭喊，我正受苦！我着实在受苦！既然已忍受着最卑鄙心灵的蔑视，那么我做什么都行。

“好了，让我告解忏悔吧，尽管或要重复说上二十遍，也一样的琐碎、阴暗、毫无意义。

“我是地狱里丈夫的奴隶。他就是引诱了那些愚蠢童贞女的男人，就是那个魔鬼。他不是幽灵，也不是鬼魂。而我丧失了德行，在人世已死，被罚下地狱，没有人可以再杀死我了！我该如何向你描述他？我甚至连话也说不出来了！我浑身缟素、服丧戴孝。我哭泣，我惧怕。仁慈的主啊，如果您不介意，我请求您怜悯我，给我点新鲜空气吧！

“我是个寡妇——我早就成了寡妇——是的，那时我恪严律己。我出生不是为了变成骷髅白骨的！他那时几乎是个孩子，他神秘的温柔诱惑了我。为了追随他，我忘了自己的所有责任。那是怎样的生活啊！真实的生活并不存在。我们被世界放逐，他去哪里，我就去哪里，我必须那样。他经常对我生气发火。我啊，可怜的罪人！那个魔鬼！（他真是个魔鬼，你知道，不是一个人。）

“他说：‘我不爱女人。我们都明白，爱情需被重新发明创造。女人最终唯一想得到的只是可靠的保障。一旦她们得到，爱情、美丽等一切其他事情就被弃如敝履，剩下的只是冰冷的蔑视，那是现今婚姻的养料。有时我看见带有幸福标记的女人，我本可以和她们成为伴侣，可她们如一堆干柴般炽烈，一开始便已被兽性吞没……’

“我听他把无耻当光荣，残忍作魅力。‘我属古老的种族：我的祖先生活在北欧斯堪的纳维亚半岛[1]，他们割破自己的身体，畅饮自己的鲜血。我要在全身划满伤口，刺上纹身，我要变得像蒙古人那样丑陋可怖。你看吧，我要在街上尖叫，我要暴怒直至癫狂。不要给我看珠宝，我要在地毯上扭动、翻滚。我要让我的财宝统统染上鲜血。我不要从事任何劳作……’有许多夜晚，他的恶魔将我掳住，我们相互撕扯扭打！有时夜里他常常喝醉，站在街角或门后，将我吓得半死，说：‘有人真要把我的喉管割破，多么可恶！’噢，那样的时候，他总愿带着犯罪的神色四处晃荡！

“有时他也用隐语深情款款地谈论着令人懊丧的死亡、不幸的人们、繁重的劳作以及撕心裂肺的别离。在我们喝得酩酊大醉的低级小酒馆里，当他看到周围如贫民窟牲畜般受难的人们时，他也会痛苦流涕。他常在漆黑的街道上扶起醉汉，有着一个残忍母亲对待弱小幼儿的同情心。他四处游荡，带着少女上教理课[2]时的美好情绪。他假装通晓一切——经商、艺术、医学，而我总跟随着他，必须那样！

“我已经看清他精神上张挂起来的所有装饰，服装、床褥、家具……是我借给他‘武器’，让他改头换面的。我可以洞察引起他情绪波动的一切，尤其是他为自己幻想的一切。当他情绪低落时，我会不停地跟他去做一些匪夷所思、复杂怪诞的冒险，或好事或恶行。但我一直都知道，我从未进入过他的世界。有多少个不眠的黑夜，我守在他熟睡、可爱的身旁，试图理解为何他如此渴望逃离现实，因为从未有人有那样的愿望。我清楚地意识到——但我不害怕他——他会成为社会的威胁。他或许握有改变生活的秘密？不，他只是在寻求

① 位于欧洲西北角，包括挪威、瑞典和丹麦。

② 英文是Sunday School，星期日学校，即主日学校，基督教教会为了向儿童灌输宗教思想，在星期天开办的儿童班。

探索，我常这样辩驳。但是，他的仁慈确有魔力，而我已成他的俘虏。他人没有这样的力量——绝望的力量！——来承受它，承受他的关怀和爱护。此外，我无法想象他和其他人在一起。我们都只看到自己的黑暗天使，而看不见他人的天使，至少我这样认为。我在他的灵魂里，就像在一座空旷干净的宫殿，设想即便里面最卑贱的人也会是自己，就是那样。啊，真的，我过去太依赖他了。他到底想从我这呆笨、怯懦的存在中得到什么呢？他既没有将我杀死，也没有让我变得更好！我悲伤又失望。有时，我对他说：‘我理解你。’他只无所谓地耸耸肩膀。

“我的悲痛日增夜长，我看见自己在歧途越走越远（每个人都看到了这点，如果我不这么悲惨，他人甚至不会关注我），也越来越渴求他的爱恋……他温柔的吻和亲切的拥抱，让我如置天堂。黑暗的天国，我走进那里，并甘愿被抛在那里——可怜、聋哑、失明。我已开始依赖这些。我曾认为我们是两个无忧无虑的孩童，自在地在忧伤的天国漫游。我们融洽无间，我们深深动情，我们一起劳作。但在一阵刻骨铭心的拥抱之后，他会说：‘当我不在了之后，你经历的这一切会看起来多么可笑。当我的臂膀不在你肩头环绕，我的心不再供你停靠，我的唇不再亲吻你的双眸。因为我终有一天是要离去，远远地离开。而且，我也应去帮助其他人，那是我的责任。尽管并不真的有趣……亲爱的……’当他离去，我立刻因害怕而感一阵眩晕，并跌入最可怖的黑暗——死亡。我要他发誓永不会舍我而去，他像个情人那样起誓，许诺了二十遍。可是毫无意义，就像我对他说‘我理解你’一样是无用的。

“啊，我从未嫉妒过他。他不会离开我的，我相信这点。他将会怎样？他不懂知识，也从不工作，他想像个梦游者那样生活。他的善心和仁慈会使他在现实世界中保有一席之地吗？有时，我竟忘记了自己身陷的悲惨困境……但他会给我力量。我们会去旅行，到沙漠去狩猎。我们睡在陌生城市的石板路上，无忧无虑、幸福悠闲。或者有一天，我一觉醒来，发现他的魔力，法律、道德因之一变，而世界照旧还使我感到随心所欲、欢乐、没有忧愁。哦，那是我们在儿童书上发现的充满奇遇的美妙世界——你会赐予我那个世界吗？我受了太多苦，应该得到奖赏……而他不能。我不知道他真正想要的是什么。他说他有希望，也有悔恨，但这些与我无关。他也在向上帝诉说吗？或许我应该投向上帝。我身处地狱深渊，已不知该如何祈祷。

“倘若他真向我倾吐悲哀——比起他的嘲笑、侮辱，我会否理解得更好？他攻击我，花上数个小时使我对曾意味着什么的世上的一切感到羞耻。如果我哭，他会更加恼怒。

“……‘你看见那个漂亮的年轻人走进一处美丽安静的住宅了吗？他的名字叫杜瓦尔、杜福尔……阿尔芒、莫里斯，随便你叫他什么。有个女人一生挚爱着这个邪恶的造物。她死了，我现在肯定她在天国已成为一名圣女。你要像他杀害那个女人那样将我杀死。这是无私的心灵命中注定的……’哦，苍天！有一段日子，所有行动着的人在他看来都像奇形怪状、胡言乱语的玩物。他狂笑不止，非常骇人。而后，他又恢复柔情，像一个年轻的母亲、温柔的姐姐……如果他不是那样一个野蛮疯狂的造物，或许我们会得救！然而他的柔情也同样致命……我是他的奴隶……

“哦，我真是疯了！

“或许有一天他将神奇地消失，我是说他登升天宇或其他地方，我一定要被告知，这样我就可以看见我亲爱的人升天了……”

一对夫妻的地狱。

谵妄II

语言炼金术

该我讲了，讲我种种疯狂之一种。

很久以来，我自诩是所有可能存在的风景的主宰，并认为现代绘画、诗歌中的名品也愚不可及、令人发笑。

我情之所钟在荒诞的绘画、门贴、舞台幕布、联欢会的布景、招牌、民间彩绘，过时的文学、教堂的拉丁文、错字连篇的淫书，以及那种祖母爱读的小说、童话、小人书、古老的歌剧、愚蠢的谣曲、单纯的节奏。

我梦到十字军东征，无人知晓的冒险旅程，没有历史的共和国，被镇压扑灭的宗教战争，风俗变革，种族和大陆的迁移。我深信着每一种魔法。

我发明了元音的色彩，A黑——E白——I红——O蓝——U绿[1]！并为每个辅音的形式和变化制定了规则。不是我吹嘘，依靠自身本能的节律，我创造了一种新的诗歌语言，迟早有一天所有的感官都将融会贯通，而只有我是它们的翻译。

起初只是一种探索。我写寂静、写黑夜，凡不可言说、难以名状之物，我都将其记下。我使旋转眩晕的世界站稳、固定。

远离畜群、飞鸟、村女
我在榛树环围的浓荫底下，
啜饮着什么？
伴着午后温绿的薄雾。

年轻的瓦兹河[2]，我从你品尝到了什么？
静默的树木、无花的草地、碧空深深。
离开我的心爱的茅屋，捧起黄葫芦畅饮？
金黄的热风使人汗水涔涔。
我想做一块旅馆招牌，让人思量，
晚来夜近，天空密布乌云……
林中水泉消逝于纯洁的沙地，
上帝之风携冰雹撒入池塘。

① 兰波有著名的十四行诗《元音》。
② 兰波故乡夏尔维尔的一条河流。

我看到了黄金，痛哭流涕，不能再饮。

在夏天，凌晨四点，
爱的酣眠仍在继续……
灌木丛里，夜里欢宴的气息
　　正慢慢消散。

在明亮的赫斯佩里德[1]，
太阳神西方的作坊里，
木匠们卷起衣袖，
　　开始干活。

在苔藓满布、荒无人烟的小岛，
他们竖立起精美的镶板，
城市将在上面
　　画出虚假的天空。

对于这些可爱的工匠，
巴比伦国王的辛劳仆人，
维纳斯！暂且放开
　　情人们被爱晕环绕的心灵……

① 生长金苹果的西方之地。

噢，牧羊人的女王！
给这些工匠送去烈酒。
当他们休憩，
并享受正午的海浴。

诗歌中古老的观念，在我的语言炼金术中占有重要位置。

我习惯了单纯的幻觉：那本是一座工厂，在我眼里却真切地呈现为一座清真寺；天使组成的击鼓队、在天宇路上驰行的马车、沉没湖底的客厅，还有妖魔鬼怪、种种神秘景象；一出歌舞剧的标题也会在我眼前幻化出令人惊惧的异景。

我将词语化为幻象，以解释我充满魔力的诡辩！

终于，我找到了自己精神迷乱里的神圣特质。在沉重热病的消耗下，我慵懒闲散。我羡慕动物的狂喜：小毛虫显出孩童的纯真，鼹鼠是童贞的睡眠。

我的思想变得乖戾。让我以民谣般的诗歌，向世界道别。

高塔之歌

来吧，来吧，
欢爱的时辰！

我已等待太久，
终至把我的恐惧、
悔恨全部遗忘，
并弃之天堂。

病态的焦渴，
使我的血管变黑。

来吧，来吧，
欢爱的时辰！

青青草地，
堕入遗忘，
在蚊蝇肮脏恶声中，
杂草离离，
花儿芳香。

来吧，来吧，
欢爱的时辰！

我热爱沙漠、烧毁的果园、破旧的店铺、温暖的酒水。我在恶臭的小巷里徜徉，闭上双眼，将自己在火神太阳底下曝晒。

“将军，如果你被摧毁的城墙上还留有一门大炮，就请用干土块轰炸我们吧。瞄准华丽商店的橱窗！对准客厅！让全城吞咽灰尘！让排水管锈蚀，让闺房遍布滚烫的红宝石粉末……”

哦，蝇蚋们！你们在旅馆的便池畅饮，又热爱腐烂的种子。快射一道强光将它们驱散！

在我的肠胃里，
只想吃泥土和石头。
我吃，我一直以空气、
岩石和煤铁为食。

我的饥饿，转过来，
饥饿，快吃吧：
麸皮的草场，
去尽力收割艳丽的毒草。

咀嚼敲碎的石块，
古老教堂的墙砖。
洪水遗留下的卵石，
面包般散落山谷。

灌木丛下，狼在嚎叫，
吐出它捕食的
家禽的彩羽。
像狼一样，我也在吞噬自身。

蔬果已熟，
等待着采摘。
蜘蛛在篱笆上忙碌，
它只吃堇花。

让我睡吧！把我烹煮
于所罗门[1]的祭坛，

① Solomon，古代以色列国王。

我的汤汁浸透锈土，
混流进赛德隆河[1]。

最终，哦，理性！幸福！我从天空中清理出蓝色，它原本是黑暗的。在这自然之光里，我的生命如金色的火花闪烁。高兴起来，我用尽可能滑稽、迷狂的方式表达：

终于找到了！
什么？永恒。
那是大海与太阳
交相辉映。

哦，我不朽的灵魂，
紧紧抓住欲望。
不管白天黑夜，
欲望之火炽烈燃烧。

你必须挣脱
人世的纷争与称赞！
你必须
高高飞离……

① 耶路撒冷城下流过的河流，据《圣经》记载，末日审判的号角将在此吹响。

永无希望，
没有新生。
科学与忍耐，
难逃苦刑。

你内心的火焰，
柔软如绸般的灰烬，
对它应献出我们全部的热忱，
却没有人会记起。

终于找到了！
什么？永恒。
那是大海与太阳
交相辉映。

我变成一场盛美的歌剧，世上人人都注定有福。行动不是生活，是败坏力量的方式，摧毁神经的途径。道德是精神上的怯懦。

在我看来，人人都应该有多重其他的生活。这位先生并不知自己在做什么，他是个天使。那个家庭是一窝狗。对有些人，我用他们其他生命之一的某个瞬间同他们大声交谈——这也是我因何曾会爱上一头猪。

任何关于疯狂（被禁闭的疯狂）的才华横溢的诡辩我都没有忘记。我可以从头至尾复述它们，我对那套体系已深谙于心。

这使我的健康受损，恐惧赫然耸现。我一次次陷入沉睡，有时一次竟达数日。当我醒来，悲伤的梦魇仍会继续。对于死亡，我已成熟。而我的软弱沿着危险的路径将我引到世界的边缘、冥界的边界——那旋风和黑暗的所在。

我要去旅行，将脑中拥挤的魔力驱散。我爱大海，仿佛它可将我的罪恶洗净。我曾被彩虹[①]罚下地狱，我看到悲悯的十字架正从海面上升起。幸福是我的厄运、我的折磨、我的悔恨、我的蛆虫。我的生命如此广阔，不会只献给力与美。

幸福！它致命、甜蜜的刺痛会在黎明将我唤醒——ad matutinum，au Christus venit[②]——在最阴暗的城市。

噢，岁月，噢，古堡！
哪里有无瑕的灵魂？

我学过幸福的魔法，
它将我们所有人虏获。

每当高卢雄鸡报晓，
都在向它致敬。

现在，我已无所欲求，
幸福接收了我的生命。

① 在《圣经》里，彩虹是上帝与下界立约的象征。神说：我与你们、并你们这里的各样活物所立的永约，是有记号的。我把虹放在云彩中，这就可作我与地立约的记号了。

② 拉丁文，意思是“去晨祷，基督降临”。

这魔咒攫住了人的心魂，

散布所有磨难。

噢，岁月，噢，古堡！

可是，当欲望消逝，

我也将跟着死去。

噢，岁月，噢，古堡！

一切都已过去。

今天，我知道如何向美致敬。

不可能

啊！我童年的生活，是一条宽广的大路。我超乎寻常的质朴，比乞丐还要超然，并因没有国家、朋友而洋洋自得。这是何等得愚蠢，而我直到现在才意识到！

我完全有理由蔑视那些老家伙，他们从不肯放弃任何一次爱抚的机会，寄生虫般蚕食着女人的健康和清洁。现如今，女人已成为远离我们的族群。

我蔑视的一切都事出有因，因为我在逃离！

我在逃离！

我会做出解释。

甚至昨天，我还感叹："苍天啊！我们在人世的惩罚已经够多了！我已与他们为伍太久，且对他们一清二楚。我们总是互相承认对方，又互相憎恨彼此，仁慈在我们中间闻所未闻。但我们彬彬有礼，与世界的关系也恰到好处。"吃惊吗？世界！商人和傻瓜（这里并无侮辱之意），这上帝的选民！他们会如何接受我们呢？那里有脾气坏、不友好的人，有幸福快乐的人，还有冒牌货，因此我们必须勇敢、谦卑，方能接近他们。他们是真正的选民，他们可不是好奉承的人！

既然我已找回了理性，这只需两个铜币，快得很！我发现我的苦恼源于没有尽快意识到这是西方世界——西方的沼泽。不是那理性之光黯淡了，形式陈旧了或行动被误导了……好了！自从东方衰落以来，我的精神已经承担，也绝对愿意承担所有残酷的发展……我的精神企求如此！

……我只值两个铜币的理性已经用尽！精神是控制，它要求我留在西方。如果像我期望的那样要结束它，那它必须保持沉默。

我常说，殉道者的荣耀、艺术的光辉、发明者的骄傲、掠夺者的狂热，我全部交付魔鬼。我期望重返东方，回归初始的、永恒的智慧。但是，这显然只是一场堕落、懒散的梦！

不过，我并不希求逃避现代痛苦。我对《古兰经》里驳杂的智慧评价并不高。自从基督教被当做科学发现传布于世，人类就在自我愚弄，证明着不证自明的东西，并因重复这些证明而自高自大……只靠这样来生活难道不是一种真正的折磨?！这精妙、愚蠢的折磨是我精神散漫漂泊的根源。天性也感厌倦！

普吕多姆先生[①]与耶稣同时诞生！

难道是因为我们耕耘着迷雾？我们就着多汁的菜蔬，吞吃热病！还有酗酒！吸烟！无知！盲目的信仰！这一切难道不与东方的思想与智慧，那初始的故土相去甚远吗？既然发明了这些毒药，又为何要有一个现代世界？

牧师和传道士们会说："没错，但你指的是伊甸园。东方民族过去的历史并未给你提供什么……"的确，我说的就是伊甸园。古老种族的纯真怎样影响了我的梦？

哲学家们会说："世界并无纪年，有的只是人类的迁徙。你虽身在西方，但是却可自由地去你的东方居住，去随便哪个你想要的古老时代……都随你去，但别做个失败者。"哲学家，你真是你们西方的一分子！

小心点啊思想，拯救之后勿要仓促疯狂，要继续磨练自己！啊，对我们来说，科学发展的还不够快！

但我发现我的思想沉睡了。

——如果从此刻开始，思想保持清醒，我们将会很快抵达真理，甚至现在正被真理和它的天使环绕哭泣！……

——如果思想保持清醒直至现在，我就不会屈从于堕落的本能，沉湎于古老的时代！……

——如果思想永远清醒，我必将在智慧之海浮游！……

哦，纯真，纯真！

在这觉醒的一刻，我才看到纯真的美景！通过精神我们走向上帝！

多么严重的不幸！

---

① 法国作家亨利·莫尼艾尔(1799—1877)小说中的人物，庸俗自负、思想狭隘、愚蠢僵硬、满口教条的小资产阶级形象。

闪光

人类的劳动，这爆炸时时将我的深渊点亮！

“没有什么是虚空的。向着科学，前进！”现代《传道书》这样号召，每个人也都这么呐喊，但仍有恶人和懒汉的死尸倒在人们的心上……啊，快，快，快点！那里，越过黑夜……未来的奖赏，永恒的报偿……难道我们要弃之不顾？

我能做些什么？我懂劳作，这太简单了，但是天气太热。而祈祷疾驰，光在怒吼，科学太慢。我清楚地知道，你们并不需要我。我有我的责任，我将像其他人总在做的那样，自豪地把责任弃置一旁。

我的生命已经耗尽。好了，让我们装傻，什么也不做。哦，可怜啊！我们还要生存下去，那就拿自己取乐消遣：幻想荒谬的爱情和奇异的宇宙，对世界的种种现象怨天尤人、争论不休。江湖术士、乞丐、艺术家、土匪、教士！……我躺在医院的病床上，焚香的香气强烈地袭来……神前看管香火的人，忏悔的告白者，殉道士……

在那里，我重新认识了我童年所受的肮脏教育。然后呢？……变成二十岁，我将度过我的二十岁，既然别人也是这样。

不！不！现在我要起来，反抗死亡！劳动对于我的自负来说太过轻松，把我出卖给世界只会是极为轻巧的惩罚。在最后的时刻，我将反击，向右，向左……

噢，可怜的亲爱的灵魂，这样我们就不会把永恒丧失！

清晨

我难道没享有过一次可珍可爱的青春，神奇壮美的青春，那应该写在金书页上的青春？……我太幸运了！犯了怎样的罪，有了什么过错，使我应得现在的软弱？你们想象野兽悲伤呜咽、病人痛苦绝望、死者噩梦连连，那么现在讲讲我的堕落和沉迷不醒吧。连乞丐都可不停诵读《天主经》、《圣母经》，而我却无法清楚地解释自己，我再不知该如何说话！

可是，今天，我认为我与地狱的关系已告终结。那确是地狱，古老的地狱，它的大门是人之子开启的。

同样的沙漠，同样的黑夜，我疲惫的双眼恒久地注视着银星，恒久地。朝拜耶稣诞生的三博士[①]，生命之王，心、灵魂、思想，却还未苏醒，未有动静。我们何时会翻山越海，向新的劳动、新的智慧致敬；为暴君、魔鬼的逃离，迷信的终结奔走欢呼；去成为最初的使者，瞻拜世上新的圣诞！

天国之歌升起，人民在前进！我们是奴隶，让我们别再诅咒生活。

① 依据《圣经》，在耶稣基督出生后，有来自东方的三位博士带着礼物朝拜耶稣。

永别

已是秋天！……如果我们发誓要寻找神圣之光，又何必哀悼永恒的太阳。远离死于季节更替的人……

秋天，我们的船从雾霭中起航，驶向苦难之港。天空被火焰、泥尘玷污成丑恶之城。啊！散发臭味的破衣，被雨水浸透的面包，酩酊大醉，将我钉在十字架的千万种情爱！吞噬无数灵魂、尸体的食尸女王会否罢休？而亿万死去的灵魂还要接受审判！我重又看见自己，肌肤被污泥、疾病侵蚀，头发、腋窝爬满蛆虫，更大的蛆虫在心脏蠕动，躺在无年龄、无情感、不知名的人中间……

我很可能就在那儿死去……多么恐怖的回忆！我憎恨贫穷。

而我也恐惧冬日，因其太过舒适！

有时我在天空看见一望无垠的沙滩，上面有欢庆、洁白的民族。一艘金色大船从我头顶驶过，缤纷彩旗在晨风中招展。我创造了所有的节日、所有的胜利、所有的戏剧。我还试图发明新的花卉、新的星辰、新的肉体、新的语言。我认为自己已获得了超自然的神力。呵！我不得不埋葬我的想象和记忆，作为艺术家和说故事的人的光辉生涯就这样结束了！

我啊！我称自己为魔术师或天使，远离所有道德束缚……为寻求责任，拥抱崎岖现实，我回归土地，回归农民！

我受骗了？对我来说，仁慈会不会是死亡的姐妹？

好了，因为靠谎言为生，我会请求宽恕。好了，好了。

但竟无一只有爱之手……我到哪里去寻求帮助？

是的，新时代是极其严酷的。

因为我可以说我已取得胜利，咬牙切齿、怒气咻咻、恶声悲叹都已平息消褪，所有丑恶的回忆也正消散无踪。我最后的渴望——对乞丐、土匪、死亡之友、所有被世界忽略事物的妒忌——也已离去，你们这该死的灵魂，要是我能复仇该多好！

绝对应该做个现代人。

别管赞美诗，坚持走过的每一步。沉重的黑夜！斑斑血迹在我脸上冒烟，身后除了可憎的灌木丛，一无所有！精神之战与人间争斗同样残酷激烈，而正义的幻影，是只有上帝可以独享的乐趣。

然而，夜在守望，让我尽情拥抱全新的力量和真实的温柔。黎明时分，鼓荡着热烈的耐心，我们将踏入光荣之城。

/永别/

还谈什么有爱之手！我最大的乐趣在于可以嘲笑充满谎言假话的古老爱情，羞辱践踏那些谎话连篇的情侣——在那里，我经历了女人的地狱——我终于可在一个灵魂、一具肉体中拥有真理。

洪水之后

关于洪水的观念刚一淡薄，
就有一只野兔在三叶草和摇荡的铃铛花间伫望，
透过蜘蛛网，向彩虹虔诚地祈祷。

噢！宝石隐藏不见，
花儿张望探寻。

在肮脏的大街上，商铺的招牌已悬挂起来，
人们将船只拖入大海，像版画中那样。

在蓝胡子[1]的城堡，鲜血流淌……

在屠宰场，在马戏团，窗户上的上帝印章[2]

已失色变白。鲜血涌流，奶水淌溢。

海狸们正在筑巢，杯里的咖啡冒着香气。

在大房子里，窗玻璃上水汽迷濛，

服丧的孩子们看着美妙的图画书，神情悲戚。

门砰然打开——在村子的空场地上，小孩挥舞着手臂，

暴雨袭来，

风车和钟楼上的风信鸡转动不息。

X夫人将一架钢琴安放在阿尔卑斯山。弥撒和初领圣体仪式

正在大教堂成千上万个祭坛上举行。

沙漠商队启程远去。“辉煌旅社”拔地矗立于

极地黑夜和冰凌的混沌中。

---

① 是由法国诗人夏尔·佩罗(Charles Perrault)所创作的童话，同时也是故事主角的名字。他长着可怕的蓝色胡须，曾连续杀害自己六任妻子。后人用其指代花花公子、乱取妻妾的人和虐待老婆的男人。

② 译者推测，应该与出埃及记和逾越节有关，上帝为惩戒法老，降下了十灾，第十灾——击杀长子。那一夜，上帝叫犹太人，将羔羊的血涂在门楣上，以作识别。然后，天兵天将掩杀而至，见到涂有羔羊血的门楣的房屋，就逾越过去。

此后，月神听见了豺狼在百里香旷野上的呼嚎，踏着木鞋的牧人在果园树丛唱起田园赞歌。而后，在发芽的紫色小树林里，“圣灵”告诉我，春天已经降临。

池塘涌动——泡沫翻滚
越过桥梁，流过树林。
黑幛与管风琴，闪电与雷鸣！
升腾吧，奔流。
大水和悲伤，上涨吧，泛滥成洪水！

自洪水消退之后——
哦，宝藏隐藏，鲜花怒放……

多么讨厌！
女王，以及在土钵点燃炭火的女巫，
永远不会向我们透露秘密，
我们将一无所知。

童年

I

这偶像……

黑眼睛，黄鬃毛，

没有父母，没有家园，

比弗拉芒人[①]和墨西哥人的神话还高贵。

他的领地是傲慢的蓝天和绿地，

在野蛮的命名为希腊人的、斯拉夫

① Fleming，比利时弗拉芒人主要住在该国西部和北部弗兰德地区。

的或凯尔特人[1]的
海滩伸展，在没有船舶航行的海浪上。

在森林的边缘，梦之花在鸣响，
闪亮，爆炸……
那橘色嘴唇的少女，她双膝交叉在青草地涌出的洪水中，
彩虹、花朵、海洋，
覆盖、荫蔽、渗透了她的裸体，
并为她披上青衣。

妇人们在临海的露台倾身，
女童和女巨人，青灰苔藓间华丽的女黑人。
在小树林和冰雪融化的花园，
肥沃闪亮的泥土间，
有珍宝矗立……
年轻的母亲，大姐姐们，眼睛满溢朝圣者的目光，
穿着苏丹王后和公主的衣服，迈步有如暴君，
还有外国小姑娘，还有淡淡哀愁的人们。

多么恼恨，总是说着“亲爱的肉体”和“甜心”!

---

① 凯尔特人为公元前2000年活动在中欧的一些有着共同的文化和语言特质的有亲缘关系的民族的统称。主要分布在当时的高卢、北意大利(山南高卢)、西班牙、不列颠与爱尔兰,与日耳曼人并称为蛮族。

II

是她，小小的女童，死在玫瑰花丛后面。
已故的年轻母亲从台阶缓缓走下。
堂兄的马车在沙地上吱吱尖叫。
小弟弟（……但他在印度!）在那儿，
面对落去的夕阳，站在石竹花的田野上。
那些已被埋葬的老人，直直站立在紫罗兰花墙下。
金色树叶簇拥在将军的房屋，
他们去了南方。
你沿着红色大道走向空空的客栈。
城堡正待出售，百叶窗已经松散。
神甫大概带着教堂的钥匙离开了。
公园四周，看园人的门房空无人住。
栅栏高耸如此，
只能看到簌簌颤动的树梢，
况且，里面也没什么可看。

草原延伸到没有公鸡、没有铁砧的村庄。
水闸已经打开。噢，沙漠中的十字架和风车!
噢，群岛和草垛……

神奇的花朵嗡嗡作响，斜坡摇他入眠。

传说中优雅的野兽逡巡徘徊。
乌云聚集于海之高处，那是由滚烫的泪水汇成的永恒之海。

III

树林里有一只鸟，
它的歌声让你驻足，让你脸红。

有一口钟，从不鸣响。

有一片沼泽，里面有白色野兽做的窝。

有一座沉落的教堂，和一个升起的湖泊。

有一个饰满缎带的小马车，遗弃在低矮的树林
或正沿着小路驰远。

有一队身穿戏服的做巡回演出的小演员
在丛林边的路上被人瞥见。

最后，当你饥饿或是口渴，
总有人将你驱赶。

IV

我是圣徒，在露台上祈祷——
像温驯的野兽啮草，直吃到巴勒斯坦。

我是学究，坐在阴暗的扶手椅上——
树枝和雨水敲打着书房的窗扉。

我是步行者，走在矮树林一侧的大路上——
水闸的急流喧响淹没了我的脚步声。
我的眼里满是落日沉浸的忧郁金黄。

我或许是个弃儿，
被遗弃在伸向海洋的堤岸；
或许是个小仆童，沿着小径爬行，
额头触碰青天。

小路崎岖，
山丘上覆满杂木。
空气凝滞……
鸟群和泉水如此遥远！
再向前进，只会是世界的尽头。

V

好了，租给我一座坟墓吧，
用石灰刷得雪白，水泥砌出棱角线条……
　　深埋在地下。

我的肘部支在桌上，灯光明亮，
照着我愚蠢地一读再读的报纸
和枯燥无味的书籍……

在我地下客厅高高的上方，
房屋林立，浓雾弥漫……污泥红或者黑。

　　魔怪都市……
　　无尽黑夜！

距我并不太高的地方是下水道。
四面八方，都是地球的厚壁。
或许是蓝天的深渊……和火焰的深井。
也许在这些维度，月亮会遇见彗星，海洋与神话相逢。

在痛苦的时刻，我用魔法召唤金属球和蓝宝石球。
我是寂静的主人。
为什么在拱顶的一角，
气窗的表面在微微闪着白光？

童话

一位王子因为自己只能致力于
追求粗俗的慷慨而恼怒不已。
他早就预见到惊人的爱情革命，
并怀疑他的妻妾
能因非常自满地
妥协于奢华与夸耀，而沾沾自喜。
他渴望看到真相，看到基本欲望
得到满足的时刻。
不管这是不是对虔敬的僭越，
他只想看看。何况他还拥有强大的
世俗权力。

所有认识他的女人都遭杀戮，

美人的花园遭到怎样的摧毁!
在斧头下，她们仍为他祝福。
他并没下令要新的女人……但是女人又出现了。
游猎之后，
或宴飨之余……
他杀掉了所有的随从，
但是所有人仍追随他。
他屠杀珍禽异兽自娱。
他放火烧毁自己的宫殿。
他降临人民中间，把他们撕成碎片……
人群，金屋顶，美丽的野兽
依然存在。

在摧毁中狂喜入迷?
在残忍中永驻青春?
人民默不作声。没人反对他的观点。

一夜，他傲慢地策马驰行，一个精灵出现了。
他的美不可言喻……甚至不可示人。
在他的表情和举止中闪耀着
多重复杂的情爱允诺!
难以置信的幸福，几乎多得不可承受，
王子和精灵在彼此中迷失了——或许消失在

必要的健康里。
他们怎么能不
因此死去？
后来他们也就相随死去。

王子在宫中辞世，平常的年纪……
王子就是精灵。
精灵就是王子。
我们的欲望中缺少精神的音乐。

滑稽表演

奇怪的，体格健美的年轻人，

他们中有些曾开发了你们的世界。

他们什么都不需要，也无意把

其出色的才能和所知的你们头脑中的一切

展示出来。

多么成熟的男人！

他们的眼睛像夏夜里的动物，迟钝。

红色与黑色，三色[①]，

有着金星照耀钢铁的光泽。

他们的脸扭曲变形，铅灰，惨

① 指蓝白红三色旗。

白，有疤痕、污点，还被烧过……

无节制的绝对疯狂——

残酷、俗丽的步容！

他们中的一些非常年轻……（他们怎么看待谢鲁班[1]？）

装备着令人恐惧的嗓音和其他危险的才华，

被打扮得奇装艳服，看上去令人厌恶，

被打发到城镇杂耍表演。

暴力、怪相、疯狂的乐园。

你们的“魔幻师”和舞台上其他表演者

根本无法与他们相比。

他们穿着仿佛是为噩梦的趣味而即兴创作的服装，

他们演奏苦恋悲歌，海盗和半神的悲剧，

比历史和宗教所能想象的还要机智聪明。

中国人，霍屯督人[2]、吉普赛人，傻瓜，土狼，莫洛克[3]，

古老的疯子，阴险的魔鬼，

带着野兽的姿态和柔情，

被他们扭曲进通俗的母性场景。

他们排演新戏，演唱

阳光下的老姑娘和编制女的歌曲……

非凡的魔术师，妙手一指，

① Cherubin，是仅次于Saraphin（炽天使）的上位二阶的大天使。伊甸园的守护者，其语源为“仲裁者”或“知识”，圣名“基路帕”，意味认知和看见神的力量。

② Hottentot，南部非洲的种族集团，主要分布在纳米比亚、博茨瓦纳和南非。

③ 澳大利亚沙漠上的棘蜥。

就变幻了场地和人物。

眼睛燃烧，血液歌唱，骨骼膨胀，
泪水纷飞，红色涟漪颤动。
他们的嘲笑与恐惧持续一分钟，
或延续整整几个月。

只有我掌管着这野蛮滑稽表演的钥匙！

古代

潘神[①]优美的儿子!

你的前额四周环绕着浆果和花朵,

眼睛,那些闪闪发光的球体,在来回转动。

你的脸颊凹陷,沾满酒渍。

　　獠牙闪烁。

你的胸部弯曲,像一架奇特拉琴[②];

金色手臂里有音乐叮咚震颤。

心脏在腰部跳动,

那里抚育着雌雄双性。

---

① Pan,希腊神话中司羊群和牧羊人的神,被描绘为半羊半人的形象。

② 古希腊七弦竖琴。

整夜游荡徘徊，
轻柔移动这大腿，
　　第二条大腿……
还有这条小腿，
　　左边的长腿……

美之存在

映着翩翩飞雪，一个身材高挑的、美的造物。

死亡的笛哨和模糊音乐的低回，

使这具令人爱慕的身躯，膨胀、震颤，

像一个幽灵般，升起……

闪闪发光的肉体上崩裂出黑色、猩红色的伤口[1]。

生命的原色在加深，

闪烁跳跃

在加工台上，环绕着幻象。

---

① 有解释认为“猩红色”指嘴唇，“黑色”指眼睛。

震颤喃喃低语并上升，
而这些狂暴的趣味承受着
致命的呼哨和沙哑的音乐。
那远在我们身后的世界，投掷在我们的美之母亲身上……
　　　她后退，她站立起来……
噢！我们的骨骼生长出新的情爱的肉身。
　噢！灰白的面孔
　　　　　　噢！蓬乱的头发
　噢！水晶的手臂！

用这门大炮我想摧毁自己，
　　穿越树林和轻柔的空气！

仙境

为了海伦，
纯粹黑暗里装饰性的树叶
与静谧星空无痕迹的光辉共谋汇合。
夏日的热情留给缄默的飞鸟，
而我们所需的慵懒拴在
一只哀伤的小船，
摇荡于死去的爱情和消散的芬芳上。

在伐木女工吟唱时分之后，
荒废树林里的湍流山溪，
和畜群铃声在峡谷里回荡

交响，

还有草原上的呼喊……

为了海伦的童年，树丛颤抖，阴影战栗。
（还有穷人的乳房和天空的传说）
她的双眸和舞蹈，闪着高贵寒冷的光辉，
这唯一时辰、地点的绝无仅有的快乐。

守夜

I

这是明亮的休憩，

没有狂热，没有颓丧，

躺在床上或旷野憩息。

这是朋友，既不热情，也不软弱。朋友。

这是我的爱人，既不折磨人，也不受折磨。我的爱人。

空气与不必寻找的世界。生命。

……真的就是这样？

梦变冷了。

II

光亮又回到屋梁。
门厅两端，莫可名状的和谐
上升，相遇。
守夜人对面的墙
是连续的带状截面，
大气层和地质断层的心理延续。
迅疾又激烈的梦境，梦中有各种情感的组群，
在各种表象中各种特征的生命。

III

守夜的灯火和地毯
发出夜的波浪的声响。
夜，沿着船身，围绕底舱。

守夜的海，像阿梅丽的乳房。

挂毯半悬在墙壁，垂着祖母绿的花边，
猛冲出一群守夜的斑鸠……
黑壁炉的木板，沙滩上真正的太阳：
啊！魔法之井，这一次，唯一的黎明景象。

神秘

斜坡的陡面上，天使旋转着
他们羊毛的衣裙，在祖母绿和钢铁的牧场。

火焰从草地射向圆圆的山顶。
左边，山梁的正面遭逢
所有的屠杀和每一次战争的践踏，
灾难的声音蜿蜒扩散。
山梁后面右侧，是东方的进步路线。

画面远处是海螺壳和人类黑夜发出的

旋转、跳跃的喧嚣。

星辰和天空绚丽的温柔
缓缓流过斜坡，
像花篮倾泻在我们脸上，
把我们下面的深渊变成鲜花的蓝色。

黎明

我亲吻过夏日的黎明。

宫殿前面，一切静止不动。死水沉寂。

阴影仍驻留在林中路上。

我步行，唤醒温暖、生动的气息，
石子张望，翅羽飞翔无声。

我第一次奇遇，是在一条已经
闪闪发着清新亮白光芒的小径上，
一朵花告诉我她的名字。

我笑金色瀑布把她的头发甩过松林，
在银色的顶点，我遇到了女神。

于是，一层一层地，我撩开她的面纱。
在林中小路上，挥舞着手臂。
穿过草地，我将她已降临的消息泄露给了公鸡。
在城市中心，她从尖塔和穹顶之间逃离，
而我，像个乞丐，在大理石码头追逐她。

大路上方，靠近月桂树丛林，
我抓住她层层面纱，
并嗅到她巨大身体发出的香气。
晨曦和孩子一起跌落在树林底部。

当我醒来，已是正午。

花

金色斜坡上，

长丝带、灰薄纱、绿色天鹅绒、泛黑的水晶圆盘

像阳光下的黄铜……

我看见毛地黄[①]绽放

在银丝、眼睛、头发织成的地毯上。

一阵金子的碎雨，在玛瑙上闪烁，

① Digitalis，毛地黄为二年生或多年生草本植物。花冠蜡紫红色，内面有浅白斑点。

桃花心的柱梁支撑着祖母绿的穹顶，
还有簇簇白缎子的花带，

　以及精妙的红宝石细梗
团团簇围着的水玫瑰，
像蓝眼睛的神在雪中的剪影，
碧海、蓝天邀请丛丛初放、强壮的玫瑰
到大理石的露台。

通俗小夜曲

一阵风吹开隔墙上歌剧般的裂口，
毁坏了蛀蚀屋顶的枢轴，
驱散了壁炉的界线，
遮蔽了窗扉。

沿着葡萄藤，
踏在石头怪兽滴水嘴上，
我走下来进入一驾华丽的四轮马车，
凸面窗玻璃，圆形面板，
以及座椅的装饰显示出它的年代。

我孤寂长眠的灵车，

我愚蠢的牧羊人的小屋……
车辆在草丛蔓生的大路上转弯，
在右上方窗户的缺口处，
旋转着月亮苍白的幻影，乳房和落叶。

一种深绿和一种深蓝侵入这影像。
我们在一块碎石地附近，下车卸马。

——这里，我们将为风暴，为索多玛[①]，索利姆[②]，
残忍的野兽以及野蛮的军队吹起口哨。

(车夫和梦之马会驶进
稠密得令人窒息的树林，
为了让我在丝绸般的泉水中沉溺。)

——我们被抽打着穿过飞溅的水流
和溢出的酒，在犬吠声中滚滚向前……

一阵风驱散了壁炉的界线。

① Sodome，源自《圣经》，是一个耽溺男色而淫乱的城市，因其罪恶被上帝毁灭。
② Solyme，《圣经》中对耶路撒冷的称呼。

海景

白银车，黄铜车——
　钢船首，银船首——
拍击浪花，
将荆棘丛连根拔起。

莽原上波浪翻滚，
　和退潮后的深沉涌动
　一环环向东扩散——
向森林的支柱涌去，
　向码头的桩基涌去，
在某个角度被光的旋风攻击。

冬的节日

喜歌剧[①]茅屋的后面，瀑布声喧哗鸣响。

在果园和溪流旁的小路，
旋转烟火延长了落日的红与绿。

贺拉斯[②]的水泽仙女梳着第一帝国时期[③]的发饰……

---

① Comic-opera，即滑稽歌剧。

② Horace，古罗马诗人、批评家。在西方古代美学思想史上占重要地位，影响仅次于亚里士多德和柏拉图。

③ 指的是1804-1814年拿破仑称帝时期。

西伯利亚的圆舞……

布歇[①]笔下的中国女人。

① Boucher，法国十八世纪著名画家。

场景

古老的喜剧延续着惯例，
分割了田园牧歌：

露天舞台上的林荫大道。

一条长长的木堤，碎石的旷野。
光秃秃的树下，一群野蛮人在变换队形。

在黑纱的走廊下，沿着灯笼和树叶下
散步者的足迹。

扮演角色的鸟儿纷纷坠落在石浮桥上，
被观众的小船遮蔽的群岛推动着浮桥。

伴随着长笛和鼓乐，抒情性的场景
簇拥在屋顶的天花板，
在现代俱乐部客厅或古老的东方厅堂周围。

仙境在围有灌木丛的
圆形露天剧场的高处浮现，
或在摇晃树木的阴影下，种满庄稼的斜坡上颤抖、转调，
为波俄提亚人[①]歌唱。

喜歌剧被分散在

十个隔板分割成的舞台上，从剧院楼厅到
舞台脚光。

① Boetian，古希腊时的野蛮人。

布托姆[①]

对我高贵的性格来说，现实的荆棘太过残酷，

然而，我却发现自己在夫人的凉亭，

变成一只灰蓝色大鸟，
飞向天花板的装饰嵌线，
在黄昏的阴影里垂着翅膀。

我曾是承托
她最喜欢的珠宝
和她精美肉体的织锦华盖下的

① Bottom，莎士比亚《仲夏夜之梦》中的变形人物。

熊皮毯，紫红牙龈，悲愁的白毛，
水晶的眼睛闪烁像银盏。

　世界变成了阴影……
　灼热鲜艳的水族馆。

但是在清晨，喧闹的六月黎明，
我奔向田野，成了一头驴，
嗷嗷嘶叫着，挥洒着我的委屈不平，
直到郊区的萨宾女人[1]
纷纷投入我的怀抱。

① Sabine,居住在意大利中部地区的人。

H[1]

反映奥尔坦斯(Hortense）行动的镜子，

呈现出一切怪异的残酷行为。

她的孤独是色情机械，

她的懒散是情爱的动力。

在童年的监护下，她就已经是

许多时代、各类种族热衷的卫生之道。

她的大门总是敞向苦难，在那儿，

人类道德在她的激情或行动中分崩离析。

---

① 有研究者说H即指的是文中两次出现的奥尔坦斯。

在流血的地面，在煤气灯下，

犹豫的爱情在可怕地战栗！

寻找奥尔坦斯去吧。

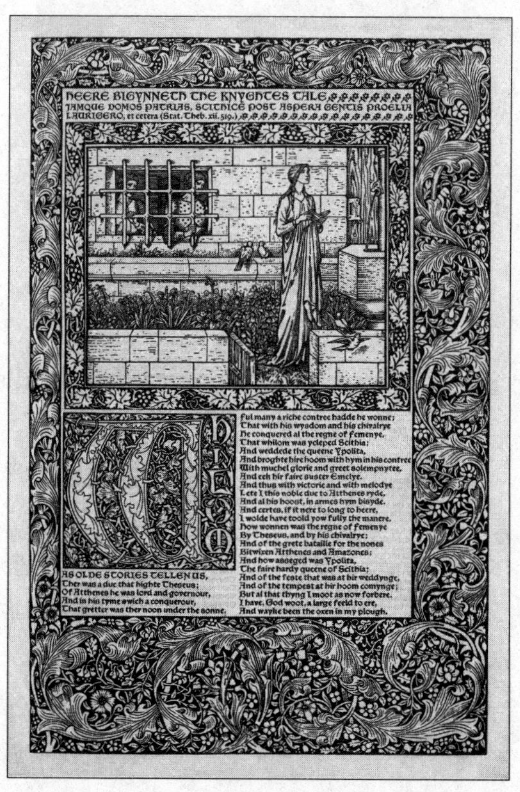

HEERE BIGYNNETH THE KNYGHTES TALE

JAMQUE DOMOS PATRIAS, SCITHICE POST ASPERA GENTIS PROELIA LAURIGERO, et cetera (Stat. Theb. xii. 519.)

WHILOM AS OLDE STORIES TELLEN US,
Ther was a duc that highte Theseus;
Of Atthenes he was lord and governour,
And in his tyme swich a conquerour,
That gretter was ther noon under the sonne.
Ful many a riche contree hadde he wonne;
That with his wysdom and his chivalrye
He conquered al the regne of Femenye,
That whilom was ycleped Scithia;
And weddede the queene Ypolita,
And broghte hire hoom with hym in his contree
With muchel glorie and greet solempnytee,
And eek hir faire suster Emelye.
And thus with victorie and with melodye
Lete I this noble duc to Atthenes ryde,
And al his hoost, in armes hym bisyde.
And certes, if it nere to long to heere,
I wolde have toold yow fully the manere,
How wonnen was the regne of Femenye
By Theseus, and by his chivalrye;
And of the grete bataille for the nones
Bitwixen Atthenes and Amazones;
And how asseged was Ypolita,
The faire hardy queene of Scithia;
And of the feste that was at hir weddynge,
And of the tempest at hir hoom comynge;
But al that thyng I moot as now forbere.
I have, God woot, a large feeld to ere,
And wayke been the oxen in my plough.

民主

“朝向邪恶的国度，
　旗帜飘扬，
我们的方言湮没战鼓……

“在大都会我们将喂饱
　最无耻的娼妓。
我们将摧毁所有合乎逻辑的叛乱。

“向着软弱、芳香的国度进发！
　为庞大的工业和军事开发服务。

“跟一切道别，无论去哪儿。
　征召怀抱良好意愿的新兵，

我们有残暴的政策。
对科学一无所知，在逸乐享受里堕落，
世界在我们周围运转，让它下地狱吧……

“这是真正的前进！
向前……
开拔！”

And loude he song ageyn the sonne shene:
MAY, with alle thy floures & thy grene,
Welcome be thou, faire, fresshe May.
In hope that I som grene gete may.
And from his courser with a lusty herte
Into a grove ful hastily he sterte,
And in a path he rometh up and doun,
Theras by aventure this Palamoun
Was in a bussh, that no man myghte hym se,
For soore afered of his deeth was he.
Nothyng ne knew he that it was Arcite,
God woot he wolde have trowed it ful lite.
But sooth is seyd, gon sithen many yeres,
That feeld hath eyen, & the wode hath eres;
It is ful fair a man to bere hym evene,
For al day meeteth men at unset stevene.
Ful litel woot Arcite of his felawe
That was so ny to herknen al his sawe,
For in the bussh he sitteth now ful stille.
WHAN that Arcite hadde romed al his fille,
And songen al the roundel lustily,
Into a studie he fil all sodeynly.
As doon thise loveres in hir queynte geres,
Now in the crope, now doun in the breres,
Now up, now doun, as boket in a welle.
Right as the Friday, soothly for to telle,
Now it shyneth, and now it reyneth faste,
Right so kan geery Venus overcaste
The hertes of hir folk: right as hir day
Is gereful, right so chaungeth she array,
Selde is the Friday al the wowke ylike.
Whan that Arcite had songe, he gan to sike,
And sette hym doun withouten any moore:
Allas, quod he, that day that I was bore!
How longe, Juno, thurgh thy crueltee,
Woltow werreyen Thebes the citee?
Allas, ybroght is to confusioun
The blood roial of Cadme and Amphioun,
Of Cadmus, which that was the firste man
That Thebes bulte, or first the toun bigan,
And of the citee first was crouned kyng;
Of his lynage am I, and his ofspryng
By verray ligne, as of the stok roial;
And now I am so caytyf and so thral,
That he that is my mortal enemy,
I serve hym as his squier povrely.
And yet dooth Juno me wel moore shame,
For I dar noght biknowe myn owene name,
But theras I was wont to highte Arcite,
Now highte I Philostrate, noght worth a myte.
Allas, thou felle Mars! allas, Juno!
Thus hath youre ire oure kynrede al fordo,
Save oonly me, and wrecched Palamoun,
That Theseus martireth in prisoun.
And over al this, to sleen me outrely,

历史性夜晚

某个夜晚，比如说，一个天真单纯的旅游者

从我们的经济噩梦中抽身退走，

一位大师的手唤醒了牧人的羽管键琴，

池塘水面倒映着王后与宫妃的倩影，

玩牌的游戏仍在水底深处进行——

夕阳映照下，有圣女，轻纱，和谐之子

以及传说中才有的灿烂光华。

他战栗着穿越猎队与游牧部落。

喜剧滴落于青草的露天舞台……
穷人和弱者的窘困，这些愚蠢的场面。

出于被俘虏者的想象，
德国计划筑起通向月球道路，
鞑靼沙漠熠熠闪光，
古老的叛乱在天朝帝国中心云集，
在岩石的阶梯和扶手椅上，一个苍白扁平的世界，
非洲和西方即将建立。

随后是一场被牢记的海洋与黑夜的芭蕾舞，
毫无价值的化学，不可能的旋律。

不论何地，驿站马车停下时
都表演着一样的资产阶级巫术！

最基本的物理学家也认为
我们不能再屈服于这种如此个人化的氛围，
这种有形的懊悔之雾，
它的诊断本身就是一种疾病。

不！这是闷热的时辰，海洋沸腾，

岩浆爆发，行星飞旋，
还有彻底的毁灭。
此类确定性只在《圣经》和诺恩女神[①]那里
被含糊地指出。
这必将交给严肃的人来观察。

到那时，可不会只是个传说！

① Nornes,(北欧神话)司命运的三女神。

流浪者

可怜的兄弟！他令我有多少个可怕、无眠的夜晚。

“对他的那个承诺[1]，我并未尽心。

我利用了他的软弱。

因为我的过错，我们将再度流浪漂泊，

过着奴隶生活。”

他将这一切归因于我奇怪的厄运、古怪的无知，

① 指的是兰波和魏尔伦的约定。兰波曾答应让其“恢复到太阳之子的原初状态”，要找到“那应去之地和完美的定式”。

要不就是些令人不安的原因。

我带着冷笑回答这位撒旦巫师，结束时
从窗户离开。越过弹奏着罕闻音乐队伍游荡的旷野，
我创造出未来夜间出没的堕落幽灵。

在这朦胧的、有益健康的消遣之后，我四肢伸展
摊开在干草垫上。几乎每夜，刚刚睡着不久，
我这可怜的兄弟都会起来，带着散发恶臭的嘴和挂落在外的眼珠
——这就是他梦中的自己的模样！——把我拖到屋里，
哀嚎地说着他愚蠢的、悲伤的梦。

我满心赤诚，力图使他恢复到
太阳之子[1]的原初状态，我们四处流浪漂泊，
渴了喝山洞里的酒，饿了就吃路上带的干粮，
而我正不停寻找那应去之地和那完美的定式。

① 指回到原始灵魂状态。

断章

当世界退缩到这片黑色的树林，

在我们四只惊愕的眼前……

退回到只有两个忠诚孩子的海滩……

退回到一个因为我们明朗的和谐而满溢着音乐的房间……

我将找到你。

愿人世空无一人，只余一个老者，

安详，静美，被“无法想象的华美”包围……

我将来到你的足下。

让我穿透你所有的记忆……
让我成为缠绕、束缚你的那个女人……
　我将使你窒息。

当我们都很强壮——谁可使我们后退?
当我们非常愉快——嘲笑怎会伤害我们?
当我们极其凶狠——他们又能拿我们怎样?
　打扮起来,
　跳舞吧,
　欢笑吧。
我决不会把“爱情”扔出窗外。

我的伙伴,我的乞讨女孩,小魔头!
对这些不幸的女人,厄运的阴谋
和我窘迫的境地,
你毫不在乎。

用你不可能的嗓音欺骗我们
——那嗓音!
我们卑鄙绝望的唯一奉承者。

七月一个阴沉的早晨,
空气里弥漫着灰烬的气息,

潮湿木头的气味弄脏了炉膛。

　　被浸透的花朵，

遭散步者践踏……
越过田野，雾雨从沟渠上升起。

为什么连小装饰品和焚香也没有？

我用绳索串连起钟楼，
花环串连起窗户，
用一条金链串起颗颗辰星……

　　我旋步起舞。

遥远的池塘总是烟雾升腾。
哪个女巫会在白色落日的映照下飞升？
哪些紫色的叶子会纷纷飘零？

当公债在友爱的欢宴中减少。
云中响起玫瑰色火焰的钟声。

呼吸着中国墨水怡人的香气，

黑色的粉末在我的夜晚缓缓坠落……
我捻小烛光，躺在床上，
面向阴影，我看见你们了——
我的群妃，我的众位皇后！

虔敬

致路易斯·瓦纳安·德·弗林根修女：她蓝色的衣袍在北海边翻飞。为那些海难遇害者。

致莱奥妮·奥布瓦修女：嘘！嗡嗡作响、散发臭气的夏日牧场。为了那些母亲和孩子染上的热病。

致吕吕[1]……一个魔鬼……她从女友时期就保持了对教堂的兴趣，

① 诗人提及"女友"时期，与魏尔伦诗集《女友》有关，可能暗示她是一个同性恋女子，所以有心将其推入男人群中，以治疗她的病。

她受的教育并不完善。为了男人们。

致X夫人。

致我曾经的少年时代，致这位神圣的老者，隐修士或布道家。

致穷人的精神，也致至上的教士。

同样，也致所有的“崇拜”，在任何纪念性礼拜的地方，
在任何或有必要参加的大事件中，
遵从当时强烈的愿望，
或是我们自己严重的邪恶。

今晚，致西尔塞托[①]和她高大的镜子，她如鲸鱼那般肥硕，
妆容涂抹得像十个月的红夜。
(她的心如琥珀，如燃烧的火焰)

为了使我孤独的祈祷沉默如这被黑夜笼罩的地区，
应该朝着比北极混沌更狂暴的地方前进开拓。

不惜一切代价，在每个空间，甚至沉入玄思冥游。

---

① 原词为circeto，经研究者考证，一致认为是两个异名海神的合成，即circe和ceto，前者是女妖，后者是神鲸。

/虔敬/

但是都已经结束了。

致理性

你的手指一敲，就分散了所有声音，

使新的和声开启。

你迈出一步，就有新人起来，动身前进。

你的头颅一转：全新的爱[1]！

你的头再一转：全新的爱！

---

① 兰波在1871年曾提出“新的爱情”论，其主导思想就是大写的“爱”，按照诗人的理解，它是摆脱了种族、阶级甚至性本身的奴役，从一切道德中解放出来的全新的爱。

“改变我们的命运，消灭灾疫，
开启时间”孩子们唱道。
人们祈求你：“让一切都显现吧，
我们的好运和愿望。”

你随时降临，将去往各处。

沉醉的早晨

噢，我的美！噢，我的善！

在残忍的号角中我并未踉跄跌倒！

噢，充满魅力、令人着迷的刑架！

为未听闻过的作品欢呼，

为美好的身体！也为这第一次欢呼！

一切在孩子的笑声中开启，也在孩子的笑声中结束。

这毒药将留在我们的血管里，尽管号角转调，我们归于从前的不和谐。
噢，此刻，我们活该饱尝这样的酷刑！
在那给予被创造出来的肉体和灵魂的超常承诺之后，
让我们重造自我。
　那许诺，那疯狂！
　优雅、科学、暴力！
他们已许诺将善恶之树葬于阴影，
驱散专横的诚实，
以便让我们在极纯洁的爱里蓬勃。

　刚开始确实有点厌恶，结束时
　——因为我们不能立即抓住永恒——
　却弥漫着芬芳。

孩子的欢笑，奴隶的慎重，贞女的严厉，
神色的恐惧，还有此间种种，
因这过去一夜的记忆而变得神圣。

　这一切始于绝对的粗俗，现在却以
　火与冰的天使告终。

短暂而神圣的沉醉之夜！
如果这只是你留给我们的面具！

我们相信这种方式！我们绝不会忘记昨天
你加冕了我们所有的年纪。
我们信仰毒药。
我们会彻底献出生命，每天每日。

因为这是杀手的时辰。

人生

I

噢，圣地宽阔的林荫大道……庙宇前的平台！

那曾教我谚语箴言的婆罗门[①]现今如何？

从那时起，我甚至仍能看见那些老妇……

我忆起太阳靠近河流时银光闪耀的样子，

① 是祭司贵族，它主要掌握神权，占卜祸福，垄断文化和报道农时季节，在社会中地位是最高的。为了维护种姓制度，婆罗门僧侣宣扬把人分为四个种姓，并认为这是神的意志，是天经地义的。

田野之手搁在我的肩头，
我还忆起我们的爱抚，伫立在辛香气息弥漫的平原。

殷红的鸽群飞过，在我思绪中响如雷鸣……

在我的流放地，我拥有了一个舞台，
在那儿我可扮演各种文学中的所有杰出剧目。
我要指给你看那闻所未闻的财富。你们从中挖掘珍宝的历史，
我要细细考究。我能看清接下来如何！
但我的智慧像混沌一样不受重视。
与等待你们的麻木相比，我的虚无又算得了什么？

II

我是个发明家，与以往的先行者相比，
我的功绩大有相同。
也是个音乐家，甚至发现了或许是爱情琴键[1]的东西。
如今，作为简朴天空下荒凉乡野的一名绅士，
我沉浸于回忆，试图唤醒自己的情感，
回忆流浪的童年，
回忆做学徒的生涯，穿着木鞋进门……想起种种辩论，
想起五六次的鳏居，想起几次婚夜，
因我头脑固执使我不能跟同伴们合拍。

① Clef，既有钥匙，又有琴键的意思，双关语。

对从前那份神圣的欢乐，我并不后悔。
荒凉乡野的朴素气息，
强劲地滋养了我残忍的怀疑主义。
但因这怀疑主义不会被付诸行动，
而且也因我正致力于一种新的困扰……
我期待变成一个邪恶的疯子。

III

在阁楼里被关到十二岁，
我看透了世界……我为人间喜剧做了插图。
在一间小贮藏室里，我学习了历史。
在北方城镇的欢庆之夜上，我遇见了
所有古代画家笔下的女人。

在巴黎的一条旧巷子里，我被授予古典科学。
在一座完全东方式的华丽府宅，
我完成了一生的事业，并辉煌退隐。
我耗尽了自己的血。我的任务已被解除……
甚至不必再去想它。
我确实身在九泉之下……
不能为你们做任何事情。

出发

看够了……

幻想在空中四处闪耀。

受够了……

城市的喧嚣，黄昏，

白昼，总是如此。

识透了……

噢，喧闹！噢，幻象！这人生的驿站。

出发吧，带着爱和崭新的音乐。

王权

一个明媚的早晨，在亲切友好人群中，

一个英俊的男人和一个美丽的女人

站在城镇中央，高声喊道：

“哦，我的朋友们……我要让她成为皇后！”

“我要做女王！”

她不停地笑着，颤抖着。

当他向朋友们讲述这神灵启示和终极苦难，

他们笑着，倾身相互靠拢。

事实上，整个上午他们确是国王

和王后……

这天上午，当鲜红的帷幔挂满所有房屋，

这天下午，当他们在棕榈园[①]的一侧向前走去。

① “鲜红的帷幔”和“棕榈”暗示着光荣和凯旋。

工人

二月里一个温暖和煦的上午。

这不合时宜的南方唤醒了我们的记忆，

关于荒唐的贫困，关于苦难的青春。

亨瑞卡穿着一件棕白格子的棉布裙，

许是上个世纪的时兴，

头戴一顶饰有缎带的小帽，围着一条丝质方巾，

这身穿着看上去比丧服还令人伤心。

我们去郊外散步。
天色阴沉，南风加重了
荒草废园飘出的
酸腐之气。

这些并未使我的妻子像我那样沮丧烦心。

几个月前的洪水在高高的小路上留下一汪水洼，
我的太太指引我瞧里面很小的几尾游鱼。

这城，烟雾弥漫，市声嘈杂
一路跟随我们到很远的路上……
噢，那另一个世界，上天福佑的居所，绿荫森森！
这南方令我想起童年的残酷时光，
我的夏日令人绝望，知识和力量，
命运总使我远离它们。
不！我们再不要在这贪婪的国度度夏，
在那儿我们将永远只会是两个待婚的孤儿。

愿这僵硬的手臂将不再拖曳着“甜蜜的回忆”。

桥

水晶般灰色的天空。

桥与桥构成奇异的图形，一些笔直，一些弧形，

还有一些与其他桥交错穿插。

这些图形在闪亮、曲折的运河中反复映现着自己，

而且都那么悠长、轻盈，以致有圆顶房屋的河岸

相形见绌，显得低矮、萎缩。

有的桥上仍承载着石屋[1]，

① 此诗写的是伦敦，伦敦的名胜古迹给兰波和魏尔伦留下了深刻印象，著名的伦敦塔桥就在桥上建有房子。

有的树立着桅杆、旗杆、脆弱的桥栏。

微小的和声交错，又缓缓消失。

绳索从岸边浮起。

我能辨认出红衣，其他的服装和乐器。

这些是通俗曲调？宏伟的音乐片段？

还是圣歌的余响？

河水灰蓝，宽阔如大海的臂弯。

一道白光从天空垂落，

抹去了这一幕喜剧。

城市

我是现代大都会里的一介蜉蝣，

一个并无多少不满情绪的公民，

因为所有的情趣都躲进了室内陈设和室外装饰，

还有城市的蓝图里。

在这里，你将不会看到一丁点迷信建筑的痕迹。

道德和语言已被减为最简单的表达！

数百万的人无需彼此相知，

接受同样的教育，从事相同的行业，度过相同的老年。

人们的寿命，比大陆人民见到的

最疯狂的统计数据
　　还要短缩好多倍。
　　从我的窗口望去，什么新的幽灵翻滚在
　　这浓厚又持久的烟雾里——
　　我们的浓荫，我们的仲夏之夜!
　　新的复仇女神[①]出现在村舍，
　　那是我的故乡，我的心之深处，
　　因为这里的一切看起来都像它：
　　无泪的“死亡”，我们勤奋的女儿和仆人，
　　绝望的“爱情”和在道路泥淖里哀号的美丽的“罪恶”。

① Erinys，是希腊神话中复仇女神的总称，传说她们身材高大，眼睛血红，长着狗的脑袋、蛇的头发和蝙蝠的翅膀，一手执火炬，一手执着用蝮蛇扭成的鞭子。她们是黑夜的女儿，任务是追捕并惩罚那些犯下严重罪行的人，无论罪人在哪里，她们总会跟着他，使他的良心受到痛悔的煎熬。

车辙

在园中右侧，夏天的黎明唤醒了绿叶、雾霭

和在公园一角的喧闹……

左侧坡地隐藏在

紫色的阴影中，

千万条疾驰过的车辙印在潮湿的路面。

令人着迷的游行。

马车上载着镀金木头雕成的动物，

旗杆和五颜六色的帐篷，

马戏团的二十辆斑马飞驰，

孩子和大人骑在令人惊异的野兽上……

二十辆连在一起的马车，披彩缀花，
像古老童话中华丽的四轮马车，
满载着盛装的孩子
去郊外演唱牧歌……

甚至连华盖底下的棺木
也很华丽，有乌木做成的羽毛装饰，
随着蓝色、黑色的膘健牝马们缓缓驰去。

海岬

金色的黎明和颤抖的黄昏
在这幢别墅和它附属建筑物下，
发现我们的双桅船停靠在这海岸，
它们形成一个像埃皮鲁斯[①]半岛和
伯罗奔尼撒半岛[②]那样的巨大海岬，
像广阔的日本岛，
像阿拉伯半岛！
圣坛因列队往来而灼热发光；
现代海防的辽阔视野；
沙丘上装饰着怒放如火的花朵和

① 古希腊地名，位于巴尔干半岛，包括阿尔巴尼亚南部和希腊西南部。

② 位于希腊南部。

酒神节图案；

迦太基[①]的大运河和险恶威尼斯的堤岸；

埃特纳火山[②]喷出的柔软灰浆；

花朵和融化冰川的裂隙；

德国杨树掩映下的洗衣池；

斜坡上有植满日本树木的奇特花园；

还有斯卡尔布罗或布鲁克林[③]"皇家大旅馆"与"豪华大厦"的圆形拱门；

高架铁路平行悬垂于旅馆的布局之上，

取自意大利、美洲和亚洲历史上最优雅、巨大的建筑；

旅馆的窗户与平台现今光照充足，备满美酒，清风徐徐，

向着旅行者和绅士的心灵敞开大门。

只要他们愿意，一天中任何时刻，

海滨的塔兰德拉舞曲[④]，

艺术之谷里的间奏曲，

将把海角宫殿的墙壁

装饰成奇迹。

---

① 坐落于非洲北海岸(今突尼斯)，与罗马隔海相望。最后因为在三次布匿战争(Punic Wars)中均被罗马打败而灭亡。

② 意大利西西里岛东岸活火山。其名来自希腊语Atine(意为"我燃烧了")。

③ 1874年兰波曾经去过伦敦地区的斯卡尔布罗。布鲁克林，让人联想到美国。

④ Tarentelle，意大利南方的民间舞曲。

城市Ⅰ

城市就是这样的！

对于这里的人们，正是他们才使阿勒格尼山[①]

和黎巴嫩山[②]在梦中耸立！

水晶小屋和木造农舍

沿着看不见的滑轮、轨道移动。

被巨兽和铜质棕榈环绕的古老火山口

在烈焰喷涌中吼叫出优美的旋律。

---

① Alleghenies，属美国东部著名的阿帕拉契山脉，是大西洋水系与墨西哥湾水系的分山岭。

② 地中海东岸山脉，与海岸平行，绝大部分在黎巴嫩境内，最北端进入叙利亚，南部与巴勒斯坦的加利利高地相连。

恋人派对上的窃窃私语
在木屋后面的小河上喧响。
急切钟声的鸣响在峡谷回荡不息。
巨人歌手团体身着盛装集合，
光环比山顶的白光还要耀眼。
深谷平台，罗兰①挑战的号角已经吹响。

在深渊的索道和旅社屋顶上，
天火给其张挂了彩旗。
坍塌的神像自高地坠落，
那儿曾有美丽纯洁的半人半马女在雪崩里旋舞。

悬崖绝壁之上，
在永恒诞生了维纳斯的
洋面上，涌来船队的清唱，
满载着珍珠和奇异的贝壳，
忽而，一道致命的闪光
翳暗了波浪。

---

① Rolands，是法国中世纪英雄史诗《罗兰之歌》里的英雄人物。查理大帝出兵西班牙，征讨萨拉哥撒，在班师回国的途中，罗兰领兵断后。当罗兰的军队行至荆棘谷，突然遭到10万摩尔兵的伏击，罗兰率军英勇迎战，但因众寡悬殊，终于全军覆灭，罗兰英勇战死。罗兰的好友奥里维曾三次劝他吹起号角，呼唤查理回兵来救，都被罗兰拒绝，直到最后才吹起号角，但为时已晚。

收获季的野花大如武器和杯盏，
在山坡上发出飒飒的呼吸。
麦布女王[①]的随从队列，
身着红褐、乳白的裙袍闪现，
蜿蜒进入深谷。
踏着耸立高处的荆棘树丛，
牡鹿从一条瀑布里
吮吸着狄安娜[②]的乳汁。

郊外，酒神的祭司们在呜咽，月亮嗥叫并燃烧。
维纳斯到山洞里
拜访铁匠和隐士。
林立的钟楼敲响人民的呼声，
白骨城堡奏出未知的音乐。
所有传说都在流转，掀起的激奋快速穿过街道。
暴烈的天堂渐渐逝去。
野蛮人在舞蹈，无休无止
庆祝夜的胜利。
我曾经下山，置身于巴格达[③]

---

① Mabs，“麦布女王”是一个神话故事中的仙女精灵。因莎翁的著名剧本《罗密欧与朱丽叶》中的相关描述而为世人熟知。根据剧本的描述，麦布女王可以帮助人类实现梦境。

② Diana，在罗马神话中的月亮与狩猎女神，并具有控制动物说话的权力。

③ Baghdad，伊拉克首都，伊斯兰世界历史文化名城。

一条林荫大道的喧闹，那里的人群向着浓厚的空气
喊出新工作的欢乐，人群来来往往，骚动不息，

但从不逃避那些来自高山的幽灵，
我们本应在山上相逢。
是怎样强壮的手臂，怎样辉煌的时光，
让我归于这片土地，
我的睡意和最细微的动作
全都来自那里？

城市II

这座官方卫城超过
现代野蛮最庞大的幻想。
不变的灰色天空，建筑群的帝国气势，地面永远覆盖着
白雪，让我如何描述这阴沉的白昼?
追求巨型的古怪嗜好，在这里
重建了古典建筑的奇迹。
我是在参观画展，
在比汉普顿王宫[1]大二十倍的厅廊里。

① Hampton Court Palace，前英国皇室官邸，有英国的“凡尔赛宫”之称，英国都铎式王宫的典范，位于伦敦西南部泰晤士河边的里士满(Richmond upon Thames)。

这是何等样的绘画!
一个挪威的尼布甲尼撒[1]下令建造了政府部门的阶梯。
我所见过的下层官员都比婆罗门高傲。
大殿前的卫兵和筑城官员
令我敬畏得发抖。
在广场、庭院和封闭平台的建筑群里,
他们废止了出租马车。
花园是原始自然的典范,
且因绝妙的艺术设计而秩序井然。

上城区有些部分颇为怪异,
一个海湾空自翻滚,在码头之间蓝色冰雹的毯子下面,
覆盖着枝形大烛台。
一座短桥在圣堂圆顶之下
直通后门。
这个圆顶是精钢做成的盔甲,
直径约有一万五千尺。

从铜制的天桥或是平台,
到蜿蜒穿过市场或在廊柱间环绕的阶梯,
我觉得我在这几个地点可以窥测这城市的深度!

---

① Nebuchadnezzar,位于巴比伦的伽勒底帝国最伟大的君主,他曾征服了犹太国和耶路撒冷,并在他的首都巴比伦建成著名的空中花园。

这样的奇观永远让我惊异：
这座卫城之上或之下还有什么样的光景？
对于我们时代的这些外邦人，这是无法领略的。
商业区是个风格一致的圆形广场，
几间画廊散布在拱廊上。看不见商店，
然而路上的积雪有人踩过。
偶尔几位富翁，如礼拜日清晨漫步伦敦街头的人一样少见，
走向一辆钻石马车；偶尔有几张红丝绒沙发椅，
他们提供从八百到八千卢比
价格不等的冷饮。
我想在这广场一带寻找剧院，
但我又转念，商店就会包含戏剧，足够黑暗 ——
我相信这里会有警察，但法律肯定会大为不同，
这里的罪犯会是什么模样，我无法想象。

郊区也像巴黎的街道一样优雅，
沐浴在光线充裕的空气中 。
民主元素组成了数百个灵魂。
就是在这里，房屋谨守界限，互不相连。
郊区奇怪地消退而融入乡野 —— 所谓“郡县” ——
那里森林和巨大的庄园布满永恒的西方，
那里野蛮的贵族在我们曾创造过的光芒下
狩猎他们的回忆。

大都会

从这靛青色海峡到奥西恩(Ossian)海洋，

穿过酒红色天空冲洗的橘色、玫瑰色沙滩，

有水晶大马路升起，交错——

几户贫穷的年轻人家在这里聚居，

他们由水果商供应菜蔬——不见有钱人。

这就是城市！

在沥青的荒芜中溃逃而下，

一团团可怕的雾霭升起，
悬浮的天空飘满烟尘，
它浓黑的邪恶来自悲悼的海洋，
天高了，天低了，
头盔、车轮、货厢和马的侧翼都在翻滚——

这就是战斗！

抬起你的头：这拱形的木桥，
撒玛利亚[①]最后的菜园。
被黑夜寒风击打摇晃的灯笼下，是涂彩的假面。
河床深处，身着引人注目服装的憨笨的水中仙女。
花园豌豆藤蔓下闪烁的骷髅，
和其他种种幻影——

这就是乡野！

公路两边有铁栅栏与围墙，
勉强遮住树丛。
那可怕的花朵也许名叫心灵、姐妹[②]。

---

① 《福音书》中出现的地名，指以色列中部地区。
② 法语为“coeurs et soeurs”，协韵。

大马士革被无尽的诅咒[①]——
应有尽有的魅力贵族
(外莱茵区的、日本的、瓜拉尼亚的)
都还接受古人的乐曲。
——有不会再开的小客店,
有皇女公主,还有(如果你还不太疲倦)
星空可以研究——

这就是天空!

清晨,你和“她”在闪耀的雪地里奋力挣扎,
绿唇,冰,黑旗,
蓝色光线
以及极地阳光的深红香气——

这就是你的力量!

① 法语为“Damas damnant de langueur”,音调回应上句,并无深意。

焦虑

“她”会使我宽恕自己屡遭挫败的野心吗？

一个宽裕的结局能否补偿经年的贫困岁月？

成功的日子难道可以摧毁我们因命定的无能而生的耻辱？

（噢，棕榈叶[①]！钻石！爱情！力量！

高于一切欢乐与荣耀！

无论什么地方，无论什么方式，魔鬼，上帝！

① 象征胜利、荣誉。

这个人的青春：我自己！）

科学魔力中的偶然事件和社会博爱运动，
可被看作是对我们原初时光的缓慢回归吗？

但是使我们驯服听话的吸血鬼，
期望我们用她留下的方式继续游戏欢乐，
否则我们将变得更加荒唐可笑。

窒息的空气和海洋令人抽搐、受伤，
水和空气里残忍的沉默令人痛苦、焦虑，
酷刑在狞笑，他们的沉默是可怕的哀号。

野蛮

远在时光流逝、季节轮替之后，
生命消亡，国土不存。

一面血肉淋漓的旗帜竖立在
丝绸般的洋面和北极花朵上（它们并不存在）。

英雄史诗和古老军乐的回声
仍旧冲撞着我们，头脑和心灵——
远离昔日的杀手。

一个血肉淋漓的旗帜竖立在

丝绸般的洋面和北极花朵上（它们并不存在）。

欣喜！明亮的火焰，如冰雹狂风般降落。
欣喜！钻石风雨中的火焰，
从陆地核心掷出，为了我们将一切永远烧焦。
哦，世界！

远离我们听到和感觉到的古老的隐居地和古老的火焰。

明亮的火焰与浪涛。音乐，在岩石的缝隙里回旋，
冰体与星辰的撞击。

哦，欣喜！哦，音乐！哦，世界！
那里……
泡沫、汗水、头发和眼睛，漂流浮动……
洁白的泪水，滚烫的泪水……
哦，欣喜！
火山深处和北极岩洞里传出的女性呼声。

那面旗帜……

战争

当我还是个孩子，
我的视力在一些天空中变得纯净敏锐，
我的脸是所有细微表情的集合。
所有的现象都激荡变幻着。
而现在，时间的永恒流变
和数学的无限将我四处驱赶。
在那儿我经历了所有世俗的成功，
因奇异童年使我备受尊敬和厚爱。

我想象了一场战争，正义之战或力量之战，
抑或是超乎所有想象的逻辑之战。
此事简单得像一个乐句。

运动

湍流旁壁立的悬崖上，一阵飞旋的运动。

船尾深渊般的漩涡，
斜坡迅疾陡峭，
潮流澎湃、势不可当，
带着非凡的光亮和神奇的变幻，
穿过峡谷的旋风
和水里的涡流，
将旅人甩在身后。

他们是世界的征服者，
寻求着他们各自神奇变化的命运。
运动和舒适陪伴着他们。

在这艘船上，
他们带着种族、阶级、牲畜的培育技术，
在洪荒时代的光里，
在可怕的探索之夜里，
有休息也有眩晕。

因为在这机械、血液、花朵、火焰、宝石的交谈中，
在这逃亡甲板的忙碌计算中，
他们所探索的储藏是否可见？
——像越过水路，河堤上翻滚着的
巨大的、无边无际的灯光——
他们自己驶入和谐的沉迷
与发现的英雄主义。

在最令人惊异的偶然中，
有两个年轻人孤独地立于方舟，
过去的蛮荒可以被宽免吗？
他们唱着歌，在船上守望。

拍卖

统统卖掉——
犹太人不曾卖出的一切，
高贵与罪恶不曾品尝过的，
被诅咒的爱情所不知道的，
大众地狱般的正直所陌生的，
时间和科学不必承认的一切。

声音再生，
合唱队、乐队全部活力和瞬间勤勉的友好觉醒。

这机会，这独一无二的时刻，让所有感官释放自由！

统统卖掉——
超越种族、世界、性别、血统的无价的“身体”！
普遍存在的洪水中的财富！
钻石，无限制地倾售！

统统卖掉——
无政府主义卖给群众，
狂热的满意卖给高级爱好者，
残酷的死亡卖给忠诚的信徒和情人！

统统卖掉——
定居，移民，体育，
仙境和完美的舒适，还有喧闹、运动，
和必须蒙受的将来。

统统卖掉——
计算的过度使用，不知名的和谐跳跃。
新奇的发现和无可置疑的条件，即刻拥有。
无知无限地飞向不可见的壮丽，
飞向不可觉的欢乐——
它秘密的疯狂令所有的邪恶震惊！
它的作乐狂欢令民众目瞪口呆！

统统卖掉——

肉体和声音，巨大的、无可争议的富裕，

还有那些绝不会卖的东西，

卖方赞成！

售货员可晚些再上交他们的账目……

守护神

他是爱，是现在，因为他让我们的房屋
向严冬的泡沫和夏日的喧嚣敞开，
他净化了我们的水和食物。
他是短暂经过地方的魅力，
是所有事物等候的拟人化快乐。
他是情感、是未来，力量和爱。
那是我们站在愤怒和疲倦包围中，
从布满风暴的天空
和狂乱的旗帜上所看见的。

他是爱，完美和重新发现的度量——理性，

非凡的、不可预料的永恒，
他被人爱着，是命运最基础的成分。
我们皆知晓他和我们自己所屈服的恐怖：
哦，我们健康的快乐，我们能力的光辉，
自私的爱和对他的激情，
他永远爱着我们……

我们铭记他，而他却远游……
如果“崇拜”消散、离开，他的承诺就会响起：
“远离这些时代和种种迷信，
家家户户，这些衰老的身体！
我们所有的时代都已沉沦。”

他不会离开，不会再度从天而降。
他不会救赎女人的狂怒，
男人的逸乐和诸如此类的罪恶。
因为他就是这样被爱着，这是既成的事实。

哦，他的呼吸，当他奔跑时转动的头颅，
行动与形式的完美结合，可怕的速度！
精神的富饶和宇宙的广袤！

他的身体！释放了长久的渴望，

在新暴力来临之前，分裂了优雅！

哦，视线，他的视线！
当他走过，所有古老的屈膝膜拜和所有的痛苦随之而起。

他的生命之光！
在最强烈的音乐中，所有翻腾、响亮的苦难都会消亡。

他的脚步，那比古代侵略更为浩荡的迁徙。

哦，他同我们！比失去的慈爱更宽厚的骄傲。

哦，世界！还有新生悲痛的闪耀之歌。

他认识我们所有人，并爱着我们。
在这严冬深夜，
从海岬到海岬，从动荡汹涌的极地到城堡，
从拥挤的城市到空旷的海滩，
从目光到目光，当我们力量已经耗尽，
情感已经枯竭，
让我们发现怎样向他致敬，注视他，再遣送他……
在潮汐之下，在雪原之上
追随他的形象，
他的气息，他的身体，他的生命之光。

青春

I 礼拜日

所有的计算放在一边，
天堂的坠落无可避免，
记忆的显圣、节奏的降神，
会侵入房屋和我的头脑
以及心灵的殿堂。

一匹马在郊区赛马场上飞奔，
经过田园和树林
那儿被烟雾的瘟疫笼罩。
在荒谬的放纵之后，
戏剧中的悲惨女人在世上某处，唏嘘悲叹。

亡命徒们梦想着醉卧风暴、伤害与堕落。
小小孩童坐在小小溪边，
平息了他们的诅咒。

让我们再次回到
那在大众中形成和酝酿的
运动的噪音，
它不知餍足，无穷无尽，
让我们重新学习。

II商籁

人的正常体格，他的肉体不曾是
果实，垂挂于果园的枝头？
噢，童年的时日！
身体难道不是可以毫不吝惜的财富？
噢，爱情——普赛克[①]的灾祸，还是力量？
在王子和艺术家身上，大地的丰饶水域汩汩流淌，
但血统和种族
将我们驱赶入罪孽与悲伤。
世界是我们的救赎也是我们的危险。

---

① 是希腊神话和罗马神话中的人物。在希腊神话中，她是人类灵魂的化身（“普赛克”在希腊语意为“灵魂”），常以带有蝴蝶翅膀的少女的形象出现。她历经种种磨难，最终与爱神丘比特相爱，幸福地生活在一起。

如今，这里的艰苦劳作已经完成，
你——你的算计，
你——你的急躁，
都被抹去，只剩下你的舞蹈、你的声音
没有固定，不受限制。
尽管出自发明与成功的双重结局，
人性在无形的宇宙中友爱而谨慎。
力量与权力通过只有现在能够欣赏的
舞蹈、声音表现出来。

III二十岁

有益的教诲的声音被放逐，
身体的纯真已腐败变质为悲苦……
……Adagio[①]

啊！青春时无尽的自私，
盲目的乐观主义。
这个夏天世界怎么会开满鲜花！
乐曲和形式正在死去……
一支合唱队抚慰无能与空虚！
一支酒杯的合唱队唱着夜曲……
（自然，我们的神经很快就被射中，坠入地狱！）

① 柔板，慢板。

IV

你仍在圣安东尼[1]的诱惑下演奏?
热情衰退时的松弛，幼稚傲慢时的抽搐，
颤抖和恐惧。
但你仍将承担这项任务，
和谐与建筑的所有可能性
在你坐席四周上升环绕。
不用寻找，完美的造物将会丰富你的经历。
被遗忘的人群，被闲置的豪奢，
它们的珍奇将在你四周梦幻般围绕。
你的记忆，你的感觉将会成为
你创造性冲动的养分。

至于这世界?
当你离开，它会变成什么样子?
没有，什么也没有变，就像现在一样。

① 埃及的基督教隐修士,在隐修期间曾受到过种种诱惑,见过种种幻想。

所有的诗人都是兄弟[①]

夏尔维尔[②]

1870年5月24日

致泰奥多尔·德·邦维勒

由出版商阿尔方斯·勒梅尔（M·Alphonse Lemerre）转交

舒瓦瑟尔(Choiseul)廊街，

巴黎

① Theodore de Banville, 1823-1891，法国帕纳斯派诗人。

② Charleville，法国东北部城市。阿登省首府。

亲爱的导师：

我17岁了，这是恋爱的季节。他们说，这是一个充满希望和幻想的年纪，因此我——虽仍是个孩子，但却是被缪斯之手碰触过的孩子（请原谅我用词陈腐）——已动手写下我最热切的信念、情感以及诗人们做的所有事情。这才是我所谓的春天。

我之所以把我的一些诗寄送给您（多亏出版商阿尔方斯·勒梅尔[①]的仁慈），那是因为我热爱所有的诗人，所有真正的帕纳斯诗人[②]。因为诗人就是帕纳斯派，他们醉心于理想之美……这也是我崇敬您的地方，就是这么简单。您是龙沙[③]的传人，1830年代伟大诗人们的兄弟，一个真正的浪漫主义者，真正的诗人，就是这个原因。我知道，这听起来很傻……但我还能说什么呢？

两年，也许一年之内，我就会来巴黎。新闻记者先生们，我也将是一个帕纳斯诗人！

我不知道，我内心所有的是什么……有些东西想要迸发出来……亲爱的导师，我发誓我将永远崇拜两个女神——自由和缪斯。

希望您看到这些诗时面容平和，不会有太多怪相。亲爱的导师，如果您能使我的小诗《唯一的信仰》（*Credo in Unam*）在帕纳斯诗群中占有很小的

---

① Lemerre,《当代帕纳斯》杂志的主编，新一代最出色的诗人都聚集在勒梅尔周围。

② Parnassian,19世纪的典型唯美主义艺术思潮中的一派。帕纳斯是古希腊神话里太阳神阿波罗和诗神缪斯的灵地。帕尔纳斯派作为反对浪漫派的一种新潮流，首先要求诗歌客观化，还要求诗歌科学化，崇尚理性，重视分析。在诗歌形式上，反对浪漫派诗歌的自由、松散，提倡严格的诗律。

③ Pierre de Ronsard(1524-1585),法国第一个近代抒情诗人。1550年发表《颂歌集》(Odes)四卷，声誉大著。1574年所写的组诗《致埃莱娜十四行诗》(Sonnets pour Hélène)被认为是他四部情诗中的最佳作品。

一席之地，我会高兴得发疯……我希望能发表在《当代帕纳斯》[①]的最近一期上。这将成为诗人们的“信仰”！雄心！噢，多么疯狂！

阿尔蒂尔·兰波

您认为这些诗能在《当代帕纳斯》上找到位置吗？它们难道不是出自诗人的信仰？

我默默无闻，这有什么关系？所有的诗人都是兄弟。这些诗充满信仰、充满爱和希望，这就够了。

亲爱的导师帮帮我，把我提升，哪怕一点点。我还年轻，向我伸出您的手吧……

---

① 19世纪60、70年代一批年轻诗人在巴黎出版了3本诗歌合集，取名为《当代帕尔纳斯》。1866年出版的第一册《当代帕尔纳斯》收入37位诗人的作品，有戈蒂耶、邦维勒、勒孔特·德·李勒、波德莱尔和苏利·普吕多姆、马拉梅、魏尔伦等；1871年出版的第二册收入以勒孔特·德·李勒等56位诗人的作品；第三册于1871年问世，收入63位诗人的作品。帕尔纳斯派阵容庞杂，他们在追求诗歌形式完美的前提下，在不同程度上各自体现这个流派的某些特征。

欠费[1]

>

巴黎

1870年9月5日

亲爱的先生：

您建议我别去做的，我还是做了。我离开了母爱的厦宇去了巴黎，我是8月29日走的。

我刚一下火车就被抓了。因为没钱，车票欠费13法郎，我被带到警局。现在我正在马扎斯(Mazas)的牢里等待审判！噢！我依赖您就像依赖我的母亲一样，您对于我就像是一个兄

① Georges Izambard，兰波的修辞学老师，对兰波帮助很大。

长。我恳请您立即兑现曾经答应要帮助我的承诺。我给我母亲、州检察官和夏尔维尔的警察局长都写了信。如果您周三之前还听不到我的任何消息，那就乘坐从杜埃[1]到巴黎的火车，到这儿来用保证书把我赎出去或者到检察官那儿去说情，为我作担保，支付我所欠下的债务。您尽自己最大的能力吧。您拿到这封信时，我要求您，也要给我可怜的母亲（Quaide la Madeleine，5，Charlev[2]。）写封信，安慰她。给我回信，做所有这一切吧！我现在像爱哥哥一样爱您，将来我会像爱父亲那样爱您。

谨上，

你可怜的阿尔蒂尔·兰波

于马扎斯

如果您能使我获释，带我和您一起去杜埃吧。

① Douai，是位于法国东北部诺尔省的城市，紧邻荷兰。

② 兰波母亲的地址，夏尔维尔玛德莱娜沿河街道5号甲。

致意[1]

杜埃

1870年11月26日

我来道别，您不在家。

我不知道我能否回来。我明天离开，明天一早去夏尔维尔。我有安全通行证，不能跟您说再见我非常抱歉，尤其是对您。

非常非常诚挚地致意，祝您万事如意。

我会给您写信，您会给我写吗？

---

① Paul Demeny，诗人，乔治·伊藏巴尔的朋友，他曾把德莫尼介绍给兰波认识。

/找一个愿意跟我去流浪的人/

您会吧?

阿尔蒂尔·兰波

大众思想是愚蠢之痒

>

夏尔维尔

1870年11月2日

先生：

(这是给您一个人看的)

您走后第二天，我回到了夏尔维尔。是我母亲把我带回来的，现在我在这里整天无所事事。不到明年一月份，我母亲是不会把我送到寄宿学校的。

所以，我遵守了我的诺言。

单调、污浊、阴暗的氛围让我腐烂、死亡。可又有什么办法呢？我固执地坚持不受约束的自由，而且喜欢……好多其他东西，这让人感到“如此可悲”，对吧？我今天本应再次离开，我本来可以的。我穿上新衣，卖掉手表，然后为自由欢呼！不管怎样，我留下来了！还会有很多机会我会重新远行：戴上帽子、裹上外衣、手揣在兜里，出发。但我会留下，我会留下。我并未承诺过这些，但我会这么做，为了不辜负您的厚爱。您说过我会的，我确实会这么做的。

我对您的感激，无论今天还是日后，都无法言尽。我会证明给您看，我会为了您去做些需要我全力以赴才能完成的事情。我向您保证。

我还有很多话要说……

冷面“无情”的，

阿·兰波

战争，但梅济耶尔[1]没有被包围。什么时候？没有人谈论它。我把您的消息转给了德韦里埃先生[2]，如果有更多要做的，我会去做的。偶发狙击。大众的思想是愚蠢之痒。您听到的是精句，相信我！这是暴动。

① Mezieres,法国东北部城市,位于马斯河谷地,在色当的西北面,距比利时边境很近。当时“普法战争”爆发,梅济耶尔位于战争前线。

② M·Deverriere,兰波的好友。

人们在思考我

>

夏尔维尔

1871年5月13日

杜埃（诺尔省）

德·拉贝伊-代-尚路27号

乔治·伊藏巴尔先生收

亲爱的先生：

现在您又是教师了。你曾告诉我，一个人应该对社会负有责任。您现在是教师行列的一员，目前正走在坦途正道上。我也遵循您的原则，正嘲笑地站在一边依然故我。我从学校里挖掘出迂腐愚蠢的校友，一切我能想到的最愚蠢的、最恶劣的、最肮脏的话语，全都归于他们。他们回赠我以啤酒和葡萄酒。Stat mater dolorosa，dum pendent filius[①]。

我严格地履行对社会的责任。我是正确的。以今天来说，您也是正确的。基本上，按照您的原则，只有一种主观的诗[②]。您固执地想回到学校那个饲料槽谋生就证明了这一点——请原谅我。但您总是因碌碌无为而心满意足，因为您从来不想做任何事情，更不用提您的主观的诗永远是极其空洞无聊的了。我希望有一天，其他许多人也同样期待着这件事情。我想在您的原则里看到客观的诗[③]，并且我对待它比您对待它更要真诚！我将成为一名工人，当狂热的愤怒将我推向巴黎的战斗，是它把我阻拦。当我在跟您提笔写这封信时，有多少工人正在战死[④]！现在工作？不行，不干。我罢工了。

现在，我正尽自己最大可能地堕落。为什么？我想成为一个诗人，而且正使自己成为通灵者。您根本不会理解，甚至我也不确定能跟您解释明白。问题是通过打乱所有感觉意识以抵达未知。所遭受的痛苦是巨大的，但是你必须坚强，必须做天生的诗人。而我已意识到我是一个诗人，这绝不是我刻意为之。说“我思故我在”是错误的，最好说“人们在思考我”，请原谅这个俏皮话。

我是另一个，假若一块木头发现它是小提琴呢。因此，那些意识不到这点的人，那些对自己无知之事吹毛求疵的人都下地狱去吧！

您不再是我的老师。下面是我给您的一首诗，按照您的说法，会不会说是讽刺诗？是不是诗？总之，是幻想。但是我请求您，既不要用铅笔在下面划

---

① 《圣母痛苦经》拉丁文，意为：痛苦的母亲伫立在侧，眼见她的儿子被吊死。

② 在兰波的思想里，所谓“主观诗”是指那些言之无物却带有情感色彩的空话。

③ 兰波的“客观诗”与帕纳诗派的理论非常相似，崇尚形式，题材无个性，但无个性的题材也并不排除那种耽于声色的描写。

④ 指巴黎公社起义的工人们。

线，也不要费心思量。

被窃的心[①]

我哭泣的心在甲板上流淌，
他们用烟蒂侮辱它，
用污泥粪水泼洒它。
我哭泣的心在甲板上流淌，
士兵喝着酒并嘲弄它，
阵阵笑声伤我肺腑。
我哭泣的心在甲板上流淌，
他们用烟蒂侮辱它。

士兵的胡言秽语是黑色的滑稽剧，
他们说的玷污了我的心。
桅杆上的怪诞涂鸦与露骨淫画，
士兵的胡言秽语是黑色的滑稽剧。
离奇荒诞的大海，
带走我的心，并将它彻底清洗！
士兵的胡言秽语是黑色的滑稽剧，
他们说的玷污了我的心。

① 写于1871年5月，全诗三节，每行十音步，每节八行。此首诗歌是兰波非常珍视的一首，寄给过伊藏巴尔，6月份又将此诗抄送给德莫尼，标题稍作修改。1871年时，又将此诗送给魏尔伦。有研究者指出，这首带有讽刺意义的八行诗，讲述了他本人在巴比伦兵营自由射手队伍时，蒙受耻辱、遭受性侵的故事。

当他们酒足饭饱，筋疲力尽，
我该怎么办呢，被窃的心？
充斥于耳的是醉话喧嚷。
当他们酒足饭饱，筋疲力尽，
我会呕吐，昏倒，
我知道，会心痛欲裂。
当他们酒足饭饱，筋疲力尽，
我该怎么办呢，被窃的心？

这并不是完全没有意味。

回信寄德韦利艾尔先生[①]，转交阿·兰。

衷心地问候，

阿尔蒂尔·兰波

① 兰波的小学教师。

诗人是真正的盗火者

夏尔维尔

1871年5月15日

我决定花一个小时来跟您谈谈新文学。我以一首时事诗篇开始：

巴黎战歌[①]

春天触手可碰，因为

梯也尔和皮卡尔[②]从绿色的花园中心

窃取了万丈光辉！

① 写于1871年。

② Thiers(1797-1877)，1871年2月当选为“法兰西共和国政府首脑”。Picard，法兰西共和国内阁成员，二者曾武力镇压巴黎公社起义。

噢，五月！多么赤裸的疯狂！
塞弗尔、莫顿、巴涅、阿斯尼埃尔[①]
请听听那些勤劳的农夫，在空气中忙于
播撒春天的种子[②]！

他们有的是枪支、军刀和战鼓，
无需陈旧的蜡烛、灯笼，
血红色的湖泊上，
从未出海的船艇直往前冲！

不，我们决不从营垒退缩！
当黄澄澄的宝石[③]
坠落在我们简陋的住所，
在那些难忘的黎明！

像爱洛斯[④]一样，梯也尔和皮卡尔盘旋在我们头顶，
他们的影子使花朵凋萎：
他们用炸弹和火焰绘制柯罗[⑤]的图画，

① 均为法国地名。
② 隐喻，指炸弹。
③ 隐喻炮弹。
④ Eros，希腊神话中的爱神。
⑤ Corot(1796–1875)，法国风景画家，继承了古典绘画的传统。

他们的铁甲正在蹂躏践踏……

他们都是“老东西”的好朋友！
法弗尔[1]躺在菖兰花丛中，
流着鳄鱼眼泪，挂着愁凄的表情，
闻着胡椒粉的气息[2]，眨着眼睛！

城市的石板路面滚烫灼热，
尽管你们浇下阵雨般的火油，
现在，就是现在，我们已经找到
粉碎你们力量的道路！
布尔乔亚们，在阳台瞪大了眼睛，
震惊于玻璃的碎裂，
林荫道上树枝的断折
和遥远的猩红色战斗声。

以下是一些论述诗歌未来的散文：

一切古诗在希腊诗歌中已臻巅峰，和谐的生命。从古希腊到浪漫主义运动、中世纪，有很多文人和拙劣的诗人。从恩尼乌斯[3]到泰罗尔图斯[4]，从泰罗

① Favre(1809-1880)，法国政治家，在梯也尔政府里任法国外交部长。

② 隐喻硝烟弥漫的空气。

③ Ennius(约公元前239-前169年)，古罗马诗人。写过戏剧、史诗和其他文学作品，在古罗马文学史上占有重要的地位。

④ Theroldus，奥古斯都时期希腊修辞学家。

尔图斯到卡西米尔·德拉维尼[1]，所有的诗歌无非是押韵的散文，一种游戏，是愚蠢的一代代人平庸的表现及其应得的荣誉。其中拉辛[2]是纯洁、有力而伟大的。若不是有人纠正过他的韵脚，搅乱他的诗行，这位“神圣的笨蛋”恐怕还像原初最早的作者一样鲜为人知。在拉辛之后，这类游戏就发霉腐朽，变得无人问津了。这种文字游戏持续了整整两千年！

这不是玩笑，也不是反论。理性使我更加确信，法兰西青年对这一问题从未有过激愤不满。不管怎样，新人都可厌弃前人：这是他们的家园，且有的是大把时间。

浪漫主义从未被公正地评价过。谁来评价它？批评家！浪漫派吗？他们很好地证明了歌谣很难成为歌者的作品，也就是说，那仅仅是歌唱者唱出自己理解的思想而已。

因为我是另一个。如果黄铜发觉自身是军号喇叭，那完全不是它的错。这对我来说非常明晰，我目睹了自己思想的蜕变：我注视它，倾听它，我拉动琴弓，触碰琴弦，交响乐在内心深处震颤激荡，跃上舞台。

那些老笨蛋发现的只是“自我”虚假的意义，若不然，我们也无须去扫清数以万计的骷髅朽骨，累世以来堆积在他们独眼的智慧产品上，并宣称自己是它们的作者。

我说过，在希腊，诗歌与音乐使行动富于节奏。后来，音乐和韵律成为了游戏和消遣。

研究这段历史，使好奇者颇为着迷。许多人以重新恢复这些古董为乐事，那是他们的工作。普遍智慧总是自然地释放自己的思想，人们会拾起它头脑中

---

① Casimir Delavigne(1793-1843),法国诗人。

② Racine(约1630-1671),法国剧作家、诗人,法兰西学院院士。

智慧果实的一部分。他们依此行事并由此著书立说，事情就是这样进行的。人们不发展自己，还未觉醒或是还没意识到伟大的梦想。只有一些文书、作家。作者、创造者、诗人，这样的人从来不曾存在！

一个想做诗人的人，首先必须研究他自己的全部意识。他应寻找出自己的灵魂，审视它，考验它，探究它。一旦他了解了自己的灵魂，就应该加以培养！这看似简单，每个头脑都经历顺其自然的发展。许多利己主义者自称是作者，还有不少人将它们智力的进步归功于自己！但问题在于使灵魂变成怪兽，就像绑架儿童并将之扭曲变形的孔普拉西科①，你可知道？可以设想一个人把疣瘤移植到脸上并加以培植的情形。

我说，你必须成为一个通灵者，必须使自己成为通灵者。

诗人通过长期、广泛、系统化的打乱感觉的过程而使自己成为通灵者，包括所有形式的爱、痛苦和疯狂。他寻找自我，耗尽体内所有的毒素，以保存精华。在无法言说的折磨中，他将需要强大的信仰与超人的力量，他将成为所有人中伟大的病夫，伟大的罪人，伟大的被诅咒者以及至高无上的科学家！因为他抵达了未知！因为他培育自己的灵魂，已非常富有，比任何人都丰满富足！因为他抵达不可知领域！如果陷入迷狂，最终失去对所见景象的理解力时，他将最终看见它们！就让他在闻所未闻、无可名状的事物中狂喜翻腾，直至崩溃。其他可怕的工匠将会来临，他们将从第一个人倒下的地平线上起步！

——六分钟后再继续——

这里，我再打断论说，插入另外一首诗，请君侧耳倾听，人人都会喜欢的。我手持琴弓，开始：

---

① The“comprachicos”，雨果《笑面人》(1869)中的人物，拐骗幼童，将其变成畸形怪物，以展览他们。

我的小情人[①]

闪着泪水光泽的雨滴
洗濯碧青的天空,
滴水的灌木树枝下,
你的雨衣躺在那儿。

秘密夜晚的淡白月亮,
像圆睁着眼的疮痍,
拍打开你结痂的膝盖,
我丑陋的娼妓!

在那些日子,我们爱着彼此,
丑陋的蓝色妓女!
我们吃水煮鸡蛋
和杂草。

一夜,你使我成为诗人,
丑陋的金色妓女!
在我两腿之间,
我要鞭打你。

你油腻的头发令我作呕,

① 写于1871年,每节四行。

丑陋的黑色妓女；
你试图解开
我的六弦琴。

哎呀！一些我唾弃的年老干瘪的
丑陋的红色妓女，
你皲裂的乳房
已散发臭气。

噢，我的小情人，
我恨透了你们！
在你丑陋的乳头上
戳破那水泡！

在我的感情世界里
尽情摔打践踏。
来啊！做我的芭蕾舞女，
哪怕是一小会儿！

你们的肩胛扭伤了，
我的好宝贝！
星星们在你们扭动的腰间跳闪，
快速旋转！

为了你们这一块块肉，
我写下诗韵！
我的爱是粘滞的自欺
和肮脏的游戏！

燃尽的残缺群星黯然失色，
映着这些墙壁！
回到上帝那里，在角落里嘶哑地牢骚，
像动物那样！

秘密夜晚的淡白月亮，
像圆睁着眼的疮痍，
拍打开你结痂的膝盖，
我丑陋的娼妓！

就是这样一首诗。请注意，如果我不是怕让您破费六十生丁[①]邮资的话——我这个忍饥挨饿的穷鬼，过去七个月里手头没有一分钱！——我还会寄给你我一百余行的《巴黎情人》和两百多行的《巴黎之死》！

让我们继续。

所以，诗人是真正的盗火者。

他担负着全人类，甚至动物的责任。他必须确保自己的创造被人感觉到、触

① 法国货币单位。

摸到、聆听到。他从未知领域带回来的，如果有形式就赋予它形式，倘若没有形式，就不加定型。必须找到一种语言！并且，一切语言都是观念，普遍语言的时代必将来临！只有学究（比化石还要僵硬古老）可以编纂一部语言辞典，用无论何种语言。开始思考字母表上第一个字母的弱智者，他们很快就会陷入疯狂！

这种语言将出于灵魂、归于灵魂，这种语言将含纳万有：芳香、声响、颜色，思想与思想相互碰撞。诗人将厘清同时代普遍灵魂中的未知，他所提供的不仅仅是他思想的模式，还有他前进之路的纪录。超越常规的变成常规，被万物所吸收，诗人将成倍地推动进步。

正如你们看到的，未来将是唯物主义的。总是充满着“数”与“和谐”，这些诗写出来就是为了流传后世。实质上，它某种程度上接近于希腊诗歌。

永恒的艺术也有自身的功用和职能，正如诗人都是公民一样。诗歌将不再束缚行动，它将领先超前。

诗人也必是如此！当女人永无休止的奴役被摧毁，当她们自立自强，当男人（至今还是那样可恶）给她们以自由，她们也将成为诗人！女人将找到未知！她们的精神世界是不是与我们不同？她们将发现奇异、深不可测的、丑陋与美妙事物。我们将接受并理解这一切。

在这等待的过程中，让我们向诗人要求“新质”——观念与形式的创新。所有精明之士自认为很快就能达到这个要求，但是远非如此！

最初的浪漫主义者曾是通灵者，虽然他们并不自知。他们灵魂的培育始于偶然，被遗弃的火车头仍未熄灭，还停在轨道上。拉马丁[1]有时是个通灵者，

---

① Lamartine(1790-1869)，法国十九世纪第一位浪漫派抒情诗人，也是浪漫主义文学的前驱和巨擘。拉马丁长于抒情，诗歌语言朴素，节奏鲜明，但情调低沉、悲观。他认为诗是心灵的语官，是感情充溢时的自然流露。代表作《沉思集》给人以轻灵、飘逸、朦胧和凄凉的感觉，着重抒发内心深切的感受。

但是被旧形式扼死了。过于愚顽的雨果，他最晚期的作品倒有许多灵视，《悲惨世界》是真正的诗。我手头有本《惩罚集》[1]，《斯泰拉》显示了雨果一部分的视野。过多的贝尔蒙泰、拉莫内，过多的耶和华、专栏体，过多陈腐过时的庞然大物。

对于当前为幻像所苦的一代人来说，缪塞[2]十四倍得可厌，因为被他天使般的懒惰所侮辱！噢，那些索然无味的故事与格言！他的《夜歌》、《罗拉》[3]、《纳穆娜》和《酒杯》都太法国调儿了，这也就是最最可恶的东西！是法国腔的，但不是巴黎的！这些作品也就是启发了拉伯雷、伏尔泰、让·拉封丹[4]和泰纳的评论的那种相同的天分。

缪塞的思想多么青春！他的爱情，多么迷人！这就是他如瓷釉般色彩浓丽、坚实的诗歌！法国诗歌已被品味很久了，但是只在法国。任何一个杂货铺的伙计都可一口气说出《罗拉》来，每个神学院修道士都秘密地在笔记簿上记着五百条韵脚。十五岁时，这种热情的冲动可以让青少年情欲萌动；十六岁时，他们就会满怀情感地背诵这些诗句；十八岁时，甚至十七岁，所有中学生都可写出《罗拉》那种诗歌，并作出一首《罗拉》来！有人可能还会因此死去。缪塞写不出任何有价值的东西，花边窗帘后面幻象重重，他却闭上了眼

---

① 这本诗集是民间流传的版本，包着蓝色封皮，字体很小。据朋友回忆，兰波手头搜集到的就是这个版本。

② 阿尔弗莱·德·缪塞(Alfred de Musset,1810—1857)，法国浪漫主义作家。早期受雨果影响，曾加入浪漫主义文社。缪塞的诗热情洋溢，想象丰富，他比其他浪漫主义诗人更注重诗句的形式美，语言丰富多彩，形象生动，富有音乐感。

③《罗拉》作于1833年。这部诗是缪塞诗歌创作的分水岭，在这之前，缪塞的诗热情明丽，想象丰富，充满了活力和希望。从《罗拉》开始，缪塞的诗风发生了变化，他一反前期的那种乐观精神，诗中开始流露出悲观失望和迷茫不安的心情。

④ 让·拉封丹(Jean de La Fontaine,1621年7月8日—1695年4月13日)，法国诗人，以《寓言诗》留名后世。

睛。法语已经僵腐成了标本，从咖啡馆被拖拽到中学教室里，尸体再美丽也还是尸体。从现在起，我们大可不必为了将其唤醒而大喊大叫了！

第二代浪漫派是真正的通灵者：泰奥菲尔·戈蒂耶[①]、勒贡特·德·利尔[②]、泰奥多尔·德·邦维勒。但审视不可见、谛听不可闻与复活死去事物的精神就是另外一回事了，因此波德莱尔是第一位通灵者，是诗人之王，一位真正的上帝。然而，他仍活在一种过于艺术化的氛围里。他那被高度赞扬的形式其实幼稚，对未知的创造需要新的形式。

无法摆脱旧形式。在那些天真愚蠢的人当中：A·勒诺曾写过他的《罗拉》，L·格朗代曾写过他的《罗拉》；高卢人和缪塞式的人物：如G·拉弗内斯特、科朗、GL·波珀兰、苏拉里、L·萨尔；学生式的：如马尔克、埃卡尔、特里埃；死人及笨蛋：奥特朗、巴比耶、L·皮夏、勒穆瓦纳、德尚之类；记者：L·克拉代尔、罗伯特·吕扎尔舍、X·德·里卡尔；幻想家：C·孟戴斯；还有流浪者；女诗人；天才莱昂·迪耶克斯[③]和苏利·普吕多姆[④]，科佩。称为帕纳斯的新学派有两位通灵者，阿尔贝·梅拉[⑤]和保罗·维尔伦[⑥]，维尔伦是一位真正

① Théophile Gautier,1811年8月30日－1872年10月23日),法国十九世纪重要的诗人、小说家、戏剧家和文艺批评家。法国唯美主义先驱,“为艺术而艺术”的倡导者。

② 法国诗人,戏剧家与批评家。帕纳斯派的先驱。 他十分注重对题材的深入研究,注意收集考古、历史和文化方面的资料,反对浪漫派毫无遏止的感情抒发,主张客观和冷峻,语言精确简练,把诗美的创造视为诗歌的要务。

③ Leon Dierx(1838-1912),法国诗人,受象征主义影响,与波德莱尔、魏尔伦等人关系密切。兰波很喜欢他的诗歌,尤其是那首《孤独老人》。

④ Sully Prudhomme(1839年—1907年),法国第一个以诗歌著称的天才作家,是法国第一个获得诺贝尔文学奖的人,帕纳斯派成员。

⑤ Merat(1840-1909),法国诗人,写过多首幻想类的诗。

⑥ Paul Verlaine(1844-1896年),法国诗人。帕纳斯派成员。其诗歌以优雅、精美且富有音乐性而著称。

的诗人。就这些。

所以，我努力使自己成为通灵者。让我们以一首虔诚的歌作为结束吧：

蹲着[①]

已经晚了，当他感到胃部难受，
米洛蒂斯兄弟[②]看了一眼天窗，
太阳明亮如一只新擦亮的锅，
令他感到一阵头疼，目眩，
在被单之下扭动着他僧侣的肚子。

他在浅灰色的铺盖下辗转反侧，
随后起来，摸索着寻找水池，
如一位老人吞咽自己的牙齿那样惊慌，
因为他必须把自己的厚长睡袍
撩起到腰间才能迈步！

他颤抖着蹲下，脚趾蜷曲，
在阳光下浑身哆嗦，
太阳将窗纸涂抹成金黄，
这老人的鼻子，闪着红色漆光，
在阳光里嗅闻，像一些肉质的珊瑚。

---

① 写于1871年，每节五行，此诗融合了抒情与粗俗。

② Milotus，兰波用这个别名称呼他的同学欧内斯特·米约，这位同学的一个亲戚当上了神甫。

这老人在火上炖着什么，流着涎水，
他的双腿滑向火中，
他感到腿毛烧焦了，烟斗熄灭，
刚才在他肚子里像鸟儿一样咕咕的东西，
现在温和如一堆内脏。

在肮脏的破布下，
散乱着笨重家具，像膨胀的污秽肚腹，
古怪的凳子如笨拙的蛤蟆被堆在角落，
碗橱有着歌手的喉咙，
哼着胃口可怕的催眠曲。

恶心的闷热令这狭窄的房间窒息，
这老人的脑中塞满废物垃圾。
他听到毛发在潮湿的皮肤深处生长，
有时重重地打个嗝，
令他蹲坐的凳子摇晃震惊……

夜晚，月光皎洁，
照耀着他弯曲的臀部，映现出
一个清晰的影子，迎着像夏日脸红的玫瑰
那样明亮粉红的飞雪……

一个奇怪的鼻子整夜追寻维纳斯的踪迹。

您若不回信就太可恶了。快点，因为一个星期后我可能就到巴黎去了。

再见，

阿·兰波

生活中最黑暗的事情最能打动他

夏尔维尔

1871年6月10日

致P·德莫尼先生

七岁诗人[1]

母亲合上抄写本，满意、自豪地走了，

全然不见孩子紧皱的额头下，蓝眼睛里

充溢的满是恐惧和厌恶的神色。

整日顺从地辛苦学习。他非常聪明，

① 此首诗歌是兰波的自喻。

然而，他的一些黑色抽搐和挖苦的表情
似乎预兆了他尖酸的虚伪。
穿过黑暗、发霉、墙壁脱落的走廊，
他吐着舌头，双拳叉腰，
闭上眼睛观看墙上的斑点。
一扇门打开：在夜晚的灯光下，
他在那儿，在屋檐底灯光投下的明亮光晕里，
扶着栏杆气喘吁吁地说话。
尤其在令人乏味、迟钝的夏日，他总是
把自己关在清凉的茅厕，
在那儿他可以静静地遐想，嗅闻空气。

冬天，被白日清新空气洗涤过的
屋后小花园，盛满月光。
在墙根下伸展身体，在泥泞中打滚，
他紧闭着迷离的眼睛期待幻象来临，
可他只听到杂乱果树生长的声音。
遗憾！他的朋友都是些弱小的孩子，
枯瘦的脸颊，流泪的眼睛，
细瘦的手指沾满污泥，
陈旧破烂的衣服下发着臭气。
他们说话时带着愚蠢的温柔。
如果她发现他肮脏的友谊，

他的母亲会害怕。孩子深切的柔情
会责备她的震惊。多好啊……
她蓝色的大眼睛——但它们会说谎。

七岁，他写作小说，
写沙漠中的生活。自由在流浪中闪光，
森林、太阳、海岸、沼泽！
在图画杂志上得到灵感，他红着脸看
那些嬉笑的西班牙姑娘和意大利女郎。
那时，隔壁工人的女儿走过来，
她八岁——是个棕色眼睛，身穿印花棉布的野女孩，
粗暴地玩耍游戏，从一个角落猛跳到他背上，
抓他的头发，他压在下面，咬了她的屁股，
因为她里面没穿短裤；
在被她拳打脚踢一阵之后，
他带着她皮肤的气味回到了自己的房间。
他憎恨十二月星期天暗淡的下午：
他得梳好头发，在桃花心木椅上
阅读卷心菜颜色纸张的《圣经》。
梦境夜夜在床上压迫着他，
他厌恶上帝，却喜爱那些
身着破旧工作服、穿越黄昏荒凉空气
返回小镇边缘的人们。

听那差役敲完锣鼓之后，
大声宣读公告，围绕的人群中发出阵阵抱怨和笑声。
他梦想着爱的天堂，在那儿有闪烁的兽群，
生命的香气，金色的青春的草茎
缓缓盘旋，随后升起飞翔。

生活中最黑暗的事情最能打动他。
在那间空荡荡的蓝色阁楼，
关上百叶窗，伴着苦涩潮湿的气味，
他读着自己日夜酝酿的小说。
满是赭色的低沉天空和淹没的森林，
肉的花朵星星般遍布树丛，
灾难，眩晕，怜悯和不幸！
这时，楼下街区喧闹声汹涌，
独自在原色帆布床单上伸展四肢，
眼前幻化着激荡的航海景象！

教堂里的穷人

挤坐在木质条凳上，在教堂的角落里，
呼着难闻的气息取暖，他们的眼睛
在圣坛的闪烁下变得黯淡。转向屋椽，
那儿仰着二十张脸，正唱着虔诚的圣歌。

闻着蜡烛的气味，像嗅着烘烤的面包，
幸福、谦卑得如被棒打之狗的模样，
穷人向着上帝，他们的救星和主人，
发出无尽的、倔强而荒唐的祈求。

女人们喜欢坐光滑的座位，
忍受了六天黑暗的日子之后，上帝让她们实现。
她们在不合身、扭曲的外套里摇晃着身体
像孩子似的滑稽痛哭，脸蛋变得乌青。

肥大的乳房裸露在外：这些喝汤的人，
——她们不是祈祷者，只以目光祈求——
看着一群姑娘，戴着不知从何处找到的不像样的帽子，
笨拙、懒散地展示游行。

外面——寒冷，饥饿，好色的丈夫。
这里很好。又过了一小时，还是无名的痛苦。
围绕着他们，咳嗽，呻吟，低语，
这是一簇皮肉松弛下垂的女人们在哀诉。

那些乞丐在那儿，还有昨天我们
过马路时避开的癫痫病人，
伸长他们的鼻子到古老的祈祷经书，

导盲犬带着他们穿越了我们的庭院。

他们流露出愚蠢的、乞求的爱与信仰，
向着耶稣喋喋不休地抱怨诉苦。
耶稣在黄色的光晕里做梦，高高在上，
早已远离了瘦骨嶙峋的失意人和大腹便便的成功者。

远离了肉香和发霉的衣物，
远离了滑稽拙劣的阴暗闹剧，
然后，冗长的祷文，伴着优雅的悲叹和神秘
鼓动着朝向崇高，

在太阳从那儿沉落的中殿外面，
身着庸俗丝绸，带着酸刻笑容的
是来自富人区的贵妇们——耶稣！——
这些肝病患者将她们枯黄的手指浸入圣水盆中。

不要恼怒，这里是对奇异绘画的一种想法：这幅画与那些逗人喜爱的丘比特插画相反，在火焰中颤动的心，绿色的花卉，凝滞不动的鸟儿，琉卡地亚的风景，等等。顺便说一下，这些八行两韵的诗歌，同样也要发表：

被窃之心

我哭泣的心在甲板上流淌，
他们用烟蒂侮辱它，

用污泥粪水泼洒它。
我哭泣的心在甲板上流淌，
士兵喝着酒并嘲弄它，
阵阵笑声伤我肺腑。
我哭泣的心在甲板上流淌，
他们用烟蒂侮辱它。

士兵的胡言秽语是黑色的滑稽剧，
他们说的玷污了我的心。
桅杆上的怪诞涂鸦与露骨淫画，
士兵的胡言秽语是黑色的滑稽剧。
离奇荒诞的大海，
带走我的心，并将它彻底清洗！
士兵的胡言秽语是黑色的滑稽剧，
他们说的玷污了我的心。

当他们酒足饭饱，筋疲力尽，
我该怎么办呢，被窃的心？
充斥于耳的是醉话喧嚷
当他们酒足饭饱，筋疲力尽，
我会呕吐，昏倒，
我知道，会心痛欲裂。
当他们酒足饭饱，筋疲力尽，

我该怎么办呢，被窃的心？

这就是我一直在做的事情。

我有三个请求。

烧了它们。我是认真的，我知道您会尊重我的意愿的，就像遵从死者的遗嘱。烧掉我在杜埃愚蠢之至时给您的所有诗歌。如果您可以，如果你愿意，请寄给我您诗集《拾穗者》[①]的副本，我很愿意再重读一遍。但是我没办法买到，因为过去六个月内，我的母亲从不曾给我一生丁——“多么可怜！”最后，请一定给我写信，写什么都行，给这封信还有我之前的那封信回复。

希望您度过美好的一天，这并不简单。

阿·兰波

---

① 保罗·德莫尼的第一本诗集，由巴黎艺术出版社出版。兰波曾不经意地翻阅过这部诗集，显然这部诗集并未给兰波留下深刻印象，故信中说要再读一遍。此本平庸的诗集之所以得以出版，主要是因为出版商是德莫尼的一位亲友，兰波对有可能出版诗集的机会更感兴趣。

我离开了平常的生活

夏尔维尔（阿登省）

1871年8月28日

先生：

您想让我为自己的案件再次申述。好吧，下面是事件完整的经过。我尽量平心静气，但是我在这方面经验欠缺。无论如何，先这样进行吧。

一年前我离开了平常的生活，原因您已知道得很清楚。我一直被囚禁在阿登省这个难以形容的小城里，见不到一个知心朋友，在卑贱、愚蠢、执拗、神秘的创作中沉思着，用沉默应答各种问题，去回复各种粗俗、恶毒的斥责，表现出无愧于自己尴尬地位的样子。

我最终激怒了母亲，使她做出了残酷的决定——就像七十三个头戴钢盔的职业军人那样强硬不可更改的决定。

她想强迫我在夏尔维尔（阿登省!）永久地从事一份工作，并说要么日复一日地从事这样一份工作，要么滚出去。我拒绝这样的生活，不用任何理由，否则就太懦弱了。时至今日，我仍不愿最终和解。而她最后竟到了这种地步，不停地希望我立即离家出走！身无分文、毫无经验，我最终只能进少管所。那样的话，我就完蛋了！

这样他们可以用所谓的堕落来堵我的嘴，就这么简单！

我什么也不要，只要些消息。我想自由地工作，不过是在我喜爱的巴黎。我一双光脚，身无长物。我来到大城市，没有任何物质资源，但您曾告诉我，如果你想得到一份一天十五生丁的工作，来这儿，这样那样地做，如此这般生活[①]。我到了那里，这样那样地做了，如此这般地生活着。我想要您建议一些不太费力的工作，因为思考太费时间。当物质让诗人自由的时候，所有这些关于物质的废话都变得很亲切。我去巴黎，则必须得考虑钱的问题！您不觉得这很真诚吗？我需要向您保证我是认真的，这让人感到很奇怪！

以上是我所想到的。唯一合理的想法似乎是，我心存善意，尽己所能。我以每一个痛苦者都可以理解的方式诉说！为什么要叱责一个因为不懂得动物学而希冀一只鸟儿有五只翅膀的孩子呢？你们只愿让他相信小鸟有六条尾巴或三张嘴！给他看百科全书，这会打消他的幻想。

不知您会怎么回复我，所以我不多解释了，我将再次信任您的经验。当我

---

① 以前，德莫尼曾帮助兰波在巴黎找到打零工的机会，比如去当工人，一天十五个铜板。

收到您的回信，我将感激您的好意。请求您考虑一下我的观点，拜托了……

给您看我的作品不至于让您感到太厌烦吧？

阿·兰波

春天有什么错

夏尔维尔

1871年8月15日

亲爱的先生和导师：

您还记得1870年6月时收到的一封外省的来信吗？是一首差不多一百行的六音步诗歌，题目是《Credo in Unam》。您好心地回了信！

下面的这些诗歌是同样的傻孩子寄给您的，署名是阿尔希德·巴瓦[①]。抱歉。

我十八岁了。我会永远热爱邦维

① Alcide Bava，即赫拉克勒斯，古人称其为阿尔希德，意为“最棒的人”。

勒的诗歌。

去年我只有十七岁!

我是否有些进步?

阿尔希德·巴瓦

A·R

与诗人谈花[1]

——致泰奥多尔·德·邦维勒

I

永是如此,在碧空深深的苍天
越过激荡的黄玉色的大海,
你的黄昏详述着百合花的芬芳,
令人心醉神迷!

植物们今天很勤勉,
时刻想着生长的利润。
百合花带着蓝色的忧郁,
将从你们宗教的散文中凋萎!

皇家鸢尾花[2]仍飘荡于

---

① 此诗隐藏着讽刺性的诗歌艺术,兰波建议,应该摆脱枯燥呆板地反复咏叹、赞美植物,而应用新颖的手法来处理。

② 旧时法兰西王室纹章。

爱国的十四行诗！
在爱的法庭，游吟诗人的奖赏是：
康乃馨、百合与鸡冠花！

百合花，再也没有了！
然而在你们的诗中，
那些苍白的花瓣仍在挥动，
就像淫妇身上柔软的衣袖！

我亲爱的！在你沐浴时
衬衫上会粘上黄色的斑点，
晨风鼓荡起衣衫，
飘过不洁的勿忘我！

让爱情穿越你的棚屋，
只有紫色丁香——哦，花园里的秋千
和林间甜美的野生紫罗兰！——
有甜蜜的唾液滴在昆虫翅膀！

II

诗人们对玫瑰灌注以狂热之情，
他们吹鼓得玫瑰如同气球一样！
玫瑰四处混乱地绽放，

膨胀于八音步诗歌的每一行!

邦维勒使玫瑰变得如飞雪般迷蒙,
鲜血飞溅,疯狂旋转,
它们用完全的无意义
撞击着陌生人狂热的凝视!

你诗篇中的旷野和森林
——噢,如此宁静的画面!
花神千姿百态,
如瓶塞般多种多样!

法兰西丰富的植被,
不悦的、咳嗽的、愚蠢和生病的,
在那儿,有短腿猎犬的肚子,
在日渐深沉的暮色中沉溺。

总是如此,令人恐惧的是向日葵
或是紫色睡莲,粉红色植物出现在
神圣卡片上,美丽的花束献给
初领圣体的少女们!

有关阿育王[1]的颂歌
同彩色玻璃窗的诗节一样糟糕。
明亮的蝴蝶和金蝉
在三色堇上排泄。

古老的草木，陈旧的主题！
植物有什么错！
古板客厅里的假花！
是为甲壳虫而设计，不是为响尾蛇。

格朗维尔[2]为儿童书绘画的
这些植物娃娃眼泪汪汪，
它们从其他星球顽劣的表情里
吸吮着愚蠢的颜色！

噢，你们流着口水的长笛
滴下一大堆葡萄糖！
旧帽子里有一堆煎蛋，
那些百合，睡莲和玫瑰们！

---

① Asokas，摩揭陀国孔雀王朝国王，信奉佛教的第一位印度统治者。

② Grandville(1803-1847)，漫画家，将植物拟人化，赋予它们人的表情、品德等等。

III

噢，白色猎手！完全徒劳地奔波于
惊慌失措的草原，它或许
能帮你回忆起
一点植物学。

我确信你最好改变一下曲调，
用斑蝥代替蟋蟀，
用里约热内卢的黄金取代莱茵河碧蓝，
最终，以弗罗里达取代挪威。

可是亲爱的，这不再是艺术，
相信我，时代和风格是严格保守的。
在你桉树上垂挂盘绕的是
六音步的蟒蛇[①]。

真的！就好像桃花心木
甚至在我们圭亚那[②]，
只用来供猴子们摇荡
或是藤蔓混乱地缠绕！

---

① Hexameter-boa-constrictor，此处为双关语，既指蟒蛇，又暗喻约束、束缚之意。

② Guianas，法属圭亚那，法国位于南美洲北部的一个海外属地，是法国领土的一部分。

简言之，任何花卉、野草
或是百合，生还是死，
怎么比得上一粒海鸥的粪便？
或是一簇蜡烛的火苗？

而且我说到做到！
而你还静坐竹庐，
拉上印花窗帘
和百叶窗，

还在从一些茂盛的牧场
挑捡漂亮的花束！
诗人！你的理由
非常可笑——并且傲慢！

IV

听啊，在春天，花朵
荫蔽了草原，让它们花谢结籽！
棉田，烟草纷纷收获——
这些是我们所需要的丰收[①]！

---

① 兰波在此建议歌颂实用的植物，比如烟草、棉花和后文提到的茜草等。

听啊，苍白面孔的福玻斯[①]被晒得皮肤黝黑，
谈论着哈瓦那[②]的佩德罗·维拉斯基[③]，
想着花多少钱才能得到。
用数千只天鹅的粪便

填满索伦托[④]海水。
你最新的诗歌歌颂了
伟大的红树林，那些缠结的
九头蛇[⑤]随着潮汐漂流。

将你的诗歌投掷进血色丛林
寻找奇怪的白糖、树液和橡皮——
转而告诉我们
应该接受什么样诗歌的主题！

告诉我们那些南方的山脉，
它们的雪顶有时会变成金黄——
那是无数细微的苍苔，

① Phoebus,希腊神话中的太阳神,是朱庇特与黑暗女神勒托(Leto)的儿子,又名阿波罗。

② Havana,古巴共和国的首都。

③ Pedro Velasguez,位于哈瓦那的地名。

④ Le mer de Sorrente,意大利海域,索伦托半岛北岸,临近那不勒斯湾。法国浪漫派诗人拉马丁曾写过诗歌歌颂过这片海域,邦维尔也写过这片海。

⑤ Hydr,译为“海德拉”,意为“水蛇”。传说生物,在古希腊神话里出现最为频繁。

还是产卵繁多的昆虫？

猎人，替我们找到芳香的植物，
精致微妙的茜草[1]，
它的花朵自然地变成裤子——
我们军队明亮的红色长裤！

找到死亡森林，那里有
怪异的嘴巴形状的花朵生长，
它们将一种厚厚的金色油膏
涂抹到水牛深色的毛皮上！

找到疯狂的牧场，那儿有
蓝色的溪流颤抖着从银色茎秆中穿过，
还有盛满火焰之卵的花朵
被芳香的气泡一圈圈包裹！

为我们找到毛茸茸的蓟花，
十头火眼金睛的驴子看到它
会突然止步，又转瞬奔走！
为我们找到可以做成椅子的花朵！

① 茜草是一种天然的植物染料，在印染界称其颜色为土耳其红。

或是在矿脉深处为我们找到，
那些著名的、近似石头的花朵，
它们坚硬、明亮的子房里垂挂着宝石，
如喉咙里悬挂着扁桃体！

展示给我们，小丑——我们信赖你，
变出一个镀金的盘子，用它来盛
熬制的百合花糖浆，
它腐蚀掉了我们的锡勺！

V

一些人会说，
没有什么比神圣的爱更伟大，
可是勒南[①]，或小猫米尔[②]
忘记了擎天的第尔斯[③]已被酒玷污！

你！当歇斯底里的芳香爆炸时，
唤醒我们成为目击者，
带着我们走向洁白，
比上帝之母玛利亚还要纯真……

---

① Renan(1823-1892),法国作家,著有《科学的未来》、《以色列人的历史》等。
② Le Chat Murr,德国作家霍夫曼(1776-1822)童话故事里的角色。
③ Thyrse,古希腊酒神的女祭司所执的酒神杖,缠绕着常春藤,具有非凡的魔力。

商人！殖民者！通灵人！
你粉红和洁白的韵律，
像燃烧的钠光闪耀沸腾，
像橡胶从树中涌出！

在你黑色的诗歌中，杂耍人！
折射出鲜红、碧绿、洁白的光芒，
显露奇异的花朵
和电光蝴蝶！

看那！这就是地狱的世纪！
耸立的电线杆显露出
你光彩美妙的肩胛，
七弦竖琴奏出钢铁之歌。

我们需要的，不是格言警句，
而是关于土豆枯萎的诗句！
而且字里行间要充满
力量，神秘和光芒！

你想在任何半球的小城镇里
看到读物，那就

订购《科学奇迹》杂志吧！

……按年订购还能便宜点呢。

通往十字架的道路

巴黎La Closerie des Lilas咖啡馆

1872年4月2日

朋友：

这首*Ariette oubliee*的词语和音乐都很迷人！我理解它，并把它唱出来了！谢谢你如此美妙的礼物！

至于你说的其他东西，你说会寄过来的，那么都邮过来吧，仍寄到巴蒂诺尔街，莱克卢斯路（Batignolles, rue Lecluse）。先查明邮费如何，如果你没有钱，告诉我，我会用邮票或是汇票的方式寄给你（由布列塔尼[1]转交）。我因为要卖点东西赚些钱，将会很忙，是把钱寄给你，还是留到我们见面的时候？哪种方式，请写信告诉我。

谢谢你优美的信！“小男孩”被打了屁股，这是他应得的。“癞蛤蟆的朋友”收回了所有他说过的话，从没忘记你的牺牲。他不但想着这一点，甚至可能还怀着更多热切和欢乐，你知道他的，兰波。

你是对的，只管爱我，保护我，信任我。我很虚弱，亟需善意，就像我不会再像小孩子似的粗暴对你，我也不会再拿这个去烦扰我们尊敬的神甫[2]。答应他很快就正正经经地给他写封信，并附带图画和其他好玩意儿。

你很可能已收到我写在粉红薄纸上的信了，也很有可能已回了信。明天我会去通常的邮件候领处取你可能的回信并回复它。不过，我们什么时候开始这条通往十字架的道路，嗯？

伽弗洛什[3]和我今天把你的东西搬走了。你的衣服、相片和便携式小物件都安置妥当了。不管怎样，你还可以在康普街（rue Campe）[4]再住一星期，账已给你付清了。我一直保存着红蜡笔画的那两座堤坝，直到你回来。我想把它放在医生单色画（Camaieu）的黑相框里。所以你看，你被人关心着，也被人需要着。我们很快就会见面，在这儿或者别处。

---

① Bretagne，兰波和魏尔伦的朋友。他是反教条主义者，却痴迷于神秘论，曾向兰波推荐咒语类的禁书以及革命性的抨击文章，兰波与秘术之间的关系可能与他的启发有关，而且就是他鼓动兰波去投靠魏尔伦的。

② 指布列塔尼，他喜欢夸张地模仿神甫，这已成为他的拿手好戏，因此许多人开玩笑地用反话称呼他为“神甫”。

③ Gavroche，雨果《悲惨世界》中的人物，是流浪于巴黎街头的顽童。这里指的是让-路易·福兰，由于福兰总是一副巴黎顽童的样子，大家便把“伽弗洛什”这个绰号送给他。

④ 兰波的住所，位于康帕涅街和地狱林荫大道的拐角处，距离蒙巴纳斯公墓很近。

这里的一切都是你的。

P·V·

仍为同一地址

让梅拉[①]、沙纳尔、佩兰[②]、盖兰还有洛尔[③]见鬼去吧!

---

① 阿贝尔·梅拉(1840-1912),法国诗人,写过多首幻想类的诗。

② 亨利·佩兰是一个"激进分子",曾创办《东北》杂志。就在杂志创刊号出版不久,兰波曾为其写了一首长诗《食品杂货商的牢骚》,语气讽刺、诙谐,矛头直指佩兰本人。

③ Merat,Chanal,Perin,Guerin,Laura,这句咒骂的矛头直指夏尔维尔和巴黎的讨厌鬼,甚至连埃德蒙·勒佩勒捷的妹妹洛尔也没有放过。兰波曾在一次晚宴上见过洛尔,但是那次晚宴险些闹出乱子,最终不欢而散。

祈祷诗

>

巴黎

1872年4月

兰波：

谢谢你的来信，为你的“祈祷诗”欢呼喝彩，当然，我们还会再见面！什么时候？稍等一会儿！艰难的困境，严酷的情形，不要紧！你，我，还有其他人都是狗屎！

但是，寄给我你“坏”(!!!)的诗歌以及你的“祈祷诗(!!!)”，并永远跟我保持联系。同时，在我修复了我的婚姻后[1]，静候情况的好转。写信给我，立刻，不管是在夏尔维尔还是南锡[2]，都寄给布列塔尼，由他转交。地址：莫维纳勒街11号奥古斯特·布列塔尼先生收

绝对不要相信，我已抛弃了你！

牢记！纪念！

你的，

P. V.

尽快给我写信并寄给我你的“旧诗”[3]和“新祈祷诗”[4]。

你会的，是不是，兰波？

---

① 由于兰波的存在，魏尔伦与妻子关系不睦。1871年1月13日，魏尔伦差点扼死他的妻子玛蒂尔德(Mathilde)。1月20日，魏尔伦写信给玛蒂尔德，信中向她道歉。3月15日，玛蒂尔德回到魏尔伦身边。信中说的“修补婚姻”，就是指的此事。

② Nancy，法国东北部城市。

③ 指的是采用亚历山大体的旧诗。

④ 兰波此时专注于写奇特的“祈祷诗”，人们习惯称之为采用新手法的“新诗”。

从狗屎的生活里写信给你

巴黎

1872年5月

我亲爱的兰波：

这封信，你要确保收到，谢天谢地，这次应该不会出错了（对这点基本上有把握，我简直高兴疯了）。所以还是周六，七点左右，是不是？不管如何，留出余地，以便我能及时寄出钱。

同时，任何关于“殉道”的信都由我母亲转交给我，任何关于复合的信都由L·福兰转交，17 quai d’ Anjou，Lauzun宾馆，巴黎，塞纳河（给P·魏尔伦）。

我希望明天能最终写信告诉你，我得到那份工作了（在一家保险公司）。

昨天没见到伽弗洛什，本应见到的。我现在克吕尼咖啡馆（3点钟）一边写信，一边等他。我们正策划用诙谐的手段去整整某人①，你以后会知道的。你回来后，只要让你开心，有些残暴的事情肯定会发生。在你待在山中的三个月和我狗屎一样的六个月期间，我们讨论的那位先生没丢失一分钟时间。你会明白我的意思的！

给我写信，让伽弗洛什转交。告诉我应该做些什么，你希望咱们怎样去生活。欢乐、苦恼、虚伪、厚颜无耻、玩世不恭，这些都需要！我，整个我，都是你的 —— 你应该知道的！写信吧，往伽弗洛什那儿写信。

你写的“殉道”的信由我母亲转交，一丁点儿都不要提及再次复合的事儿。

最后一点，一俟你回来，就立即紧紧抓牢我，不能出现任何动摇 。你完全有这个能力！

小心点儿！

尽你所能，至少是暂时地装扮一下，不要像以前那么糟糕，干净的衬衣，皮鞋打蜡擦亮，梳一下头，注意你的举止。如果你牵涉到残暴的事件，这些都是必要的。我会成为你的洗衣妇和擦鞋童……（如果你想的话）

（顺便提一下，此情如果有你参与，将对我们非常有利，因为“马德里的大先生”②很感兴趣，而且安全没问题！）

---

① 魏尔伦的岳父，莫泰先生。

② 指的是安托万·德 ·图龙(Antoine de Tounens),“马德里的大人物”是极其怪异的说法,但作为马德里咖啡馆的常客,兰波可以很容易地破解这句话的意思,因为魏尔伦经常在那儿与安托万·德·图龙会面,图龙是一个古怪的人物,声称自己是巴塔哥尼亚国王,并将这个空想王国的土地以及爵位非常慷慨地赠与他人。

眼下，好好待着，再见。很期待来信，期待你。今天晚上梦见两次：你，少年殉道者；你，金光灿灿。很有趣，是不是，兰波？

封上信之前，我会等着伽弗洛什。他会来吗？他会放我鸽子吗？（几分钟之后来了！）

下午四点钟，伽弗洛什来了，又去了更安全之处。他会写信给你的。

你在山里要坚持给我写信哦，我会从我狗屎的生活里写信给你。

你的老

P·V

在西洋镜里的生活①

鬼巴黎

1872年，烂6月

我的朋友：

是的，在阿登地区这个西洋镜生活确实令人惊奇。在外省，人们吃着本地产的含淀粉的植物，喝当地酿造的葡萄酒和啤酒，这并不是我所怀念的东西。因此，你不断地谴责它是有道理的。但在这里，不论是让思想升华，还是埋头创作，一切都显得封闭、妥协、各种可能的褊狭，而且窒闷的夏天令人难以忍受。天气并非总是炎热难耐，但大家都希望能看到好天气，因为每个人都快成邋遢鬼了。我憎恨夏天，当它刚开始冒头，我就热得快崩溃了，我焦渴得就像生了坏疽[1]一样。阿登省和比利时的河流及岩洞才是我最怀念的东西。

但这里有个喝酒的好去处，我非常喜欢。苦艾酒吧万岁[2]，虽然侍者脏话连篇！苦艾有着最微妙、最危险的外表，这种冰川时代药草的魔力就是能把人醉倒！然而喝过之后只能躺倒在污秽中了。

总是同样的抱怨，对吧！然而，不管发生什么，让伏在“宇宙咖啡馆”(café Universe)吧台上的佩兰见鬼去吧[3]！去他妈的，不管他是面对着小广场，还是背对着小广场。我可不是在诅咒“宇宙咖啡馆”本身。我倒是非常希望阿登省会受到越来越多不合理的压迫和侵占，但现在所有的一切都显得太平庸了。

重要的是你常常太抑郁了。你要让自己忙碌起来，也许多走走路、多读读书会好点儿。在任何情况下尽量不要把自己禁锢在办公室或家里面。只有远离这些地方，才能做出粗野的举动。我可不是在卖镇痛膏药，但我认为在处境糟糕的日子里，习惯并不能给人带来安慰。

---

① Gangrene，医学术语，组织坏死后因继发腐败菌的感染和其他因素的影响而呈现黑色、暗绿色等特殊形态改变。

② 苦艾酒吧位于圣雅克街176号，酒吧的外墙边上堆着40个酒桶。兰波和魏尔伦曾一起喝大量的苦艾酒。苦艾酒在1792年诞生于瑞士瓦尔德特拉韦尔地区，是高达68度的烈酒，一开始被当作药酒来使用，后来因为它充满诱惑感的色泽和轻度的至幻作用，变得非常流行。它还有个好听的名字，叫“绿仙子”(green fairy)。缪塞、波德莱尔、王尔德、魏尔伦、兰波、马奈、梵高、毕加索、海明威等这些大师级的人物都视它为最爱，这种酒给了他们创作的灵感，可能跟大麻的作用差不多。

③ Perrin，德拉海的中学老师，后为《东北》杂志社社长。兰波曾为佩兰写过一首长诗《食品杂货商的牢骚》，这些文字未博得新派记者的欢心，为了报复，兰波在夏尔维尔城里的墙面上涂上大字“去你妈的，佩兰”。

我现在是在晚上工作，从子夜一直工作到凌晨五点。上个月，我在王子先生街（rue Monsieur-le-Prince）上，房间的对面就是圣路易中学（Lycee St.Louis）的花园。在我窄小的窗子下面有几棵粗壮高大的树木。凌晨三点钟，烛光已变得暗淡，鸟儿们在树丛中叽叽喳喳啾鸣着，该结束了，不必再工作了。我遥望窗外，看着树丛、天空，在那无法描述的时辰，凌晨最初的时刻，突然有种奇妙的感觉。我看着对面中学里的宿舍，安静极了。而大街上已断断续续回荡起运货马车欢快的声音。我抽着烟斗，将烟喷到屋瓦上，因为我的房间是一个顶层阁楼。五点钟时，我会下楼去买面包。工人们四处忙碌着。那个时段我常去酒吧买醉，然后再回到房间吃点东西，早晨七点上床睡觉，这时的阳光把屋瓦下的鼠妇虫都赶了出来。夏天的清晨，十二月的夜晚，这是在这儿最让我心醉神迷的东西。

但是目前我有一个非常好的房间，朝向一个深深的庭院——其实只有三平方米。就在维克多-库赞街(rue Victor-Cousin)，位于索邦大学广场(Place de la Sorbonne)的拐角处，拐角是一家名叫下莱茵省的咖啡店(cafe du Bas-Rhin)，街的另一端就是苏弗洛街(rue Soufflot)。在这儿，我整晚都在喝水，天总也不亮，我看不到凌晨的风景，我失眠，我窒闷，简直都快憋死了。

显然，你的要求是有道理的。如果你碰见《文学与艺术复兴》杂志主编的话，别忘了跟他捣乱。到现在我一直躲着那些外来害人精。去他妈的四季。

加油干吧！

A·R.

维克多-库赞街

克吕尼旅馆

沉浸在对自然的思索中

莱图[罗什]

[阿蒂尼区]

1873年5月

亲爱的朋友：

真是个鬼地方！多么无知的怪物，这些农民！晚上你得走上个两三里格(长度单位，约等于 3 英里)才能喝上一两杯。妈妈这次真把我弄到一个该死的鬼地方来了。我不知道怎样才能摆脱这里，不过，我总会做到的。我想念那个糟透的夏尔维尔镇、宇宙咖啡馆、图书馆等等。虽然这样，我还是非常规律地工作着。我在写一些小散文故事，总标题:《异教徒之书》或《黑人之书》,这很愚蠢也很天真。哦,天真!天真,天真,天……去他妈的!

魏尔伦很可能已经把那份不幸的工作给了你,跟*Noress*的印刷商德温(Devin)谈判。我觉得这个德温能把魏尔伦的书以相当低廉的价格印出来,甚至可能印得得体(只要他不用给他报纸写的那种低劣字体,他总是能够插入几张广告!)。

我没有更多的事情要告诉你了,已完全沉浸在对自然的思索中。自然,哦,我的母亲,我属于你!

祝你好运,希望能很快见到你 —— 我会尽力使之早日实现。

R

我重新拆开了我的信。魏尔伦很明确地提议18号礼拜日在布雍[①]约见。我不能去,如果你能去的话,他会交给你一些我的或他的散文作品,让你还给我。

"兰波母亲"(Mother Rimb)会在九月份回到夏尔维尔。那是可以确定的,我会试着在那个可爱的地方盘桓几日。

阳光灼人,但早晨依旧冰冷。我前天去看了在武济耶(Vouziers)的Prussmares小镇,距此大约7公里。这使我精神为之一振。

我现在是无计可施了。这附近没有书,没有酒吧,大街上也平静乏味。法国的乡村真是可怕啊!我的命运维系于此书,其中还有六个故事需要琢磨。你会怎么想象这里的恶劣情况?我无法给你寄去任何一个故事,虽然我已完成了三个,太劳神了!情况就是这样!

① Boulion,坐落在瑟姆瓦河畔的一个边境小镇。

祝你好运，终有一天你会看到的。

兰波

我很快会寄汇票给你，你帮我买本歌德的《浮士德》的通俗版本寄过来，邮费应该不多。如果这个系列里有莎士比亚的新译本，一定要告诉我。

哪怕你能把最新的书目寄给我也好。

R.

TROILUS AND CRISEYDE LIBER TERCIUS

我最后的念想

于海上[①]

1873年7月3日

朋友：

我不确定当你收到这封信时，还在不在伦敦。但是我必须告诉你，你应该完全明白，我最后不得不离开，这种暴力的生活只是源于你想象中的情景，它对于我已不值一哂！

由于我曾经非常爱你（Honi soit

① 1873年7月3日这一天，兰波同魏尔伦在伦敦发生激烈争吵。魏尔伦一气之下乘船去了奥斯坦德。这封信是在海上匆匆写的。

qui mal y pense！[①])，我还想让你明白，如果从现在起，三天内我还没有跟妻子从各个方面协商好，我就开枪自杀算了。在旅馆住三天花费很多，这就是为何我今天下午吝啬的原因。你本应该原谅我的。

如果我不得不去进行这桩最后的混蛋冒险——因为这非常有可能，我至少会做得像一个勇敢的混蛋。我最后的念想将会是关于你的，朋友。今天下午你说我是一块石头，我不得不跟你争辩，因为我得去见阎王爷了！

当我死的时候，你难道不愿意让我亲吻你吗？

你可怜的，

P·魏尔伦

无论如何，我们不会再见到彼此了。如果我的妻子回来，我会寄给你我的地址，我希望你会给我写信。在此期间，接下来的三天，不多不少，布鲁塞尔，邮局候领处，我的名字。

送还Barrere的三本书。

若无人收信，请转寄法国阿登省阿蒂尼区罗什村（兰波夫人家）。

① 法语，心怀邪念者可耻。

我心里永远有你

伦敦

星期五下午

1873年7月4日

亲爱的朋友：

回来，快回来，我亲爱的，我唯一的朋友，回来吧。我向你发誓，保证会乖乖的。如果我从前对你生气发火，那只是我开玩笑罢了，我非常抱歉，后悔至极。回来吧，我们会忘掉这一切。如果你把那个玩笑当了真，那该是多么糟糕！这两天来我不停地哭。回来，勇敢些，亲爱的朋友。一切都没有失去，你只需重新踏上归途。我们将重新勇敢而又耐心地在此生活。噢！我乞求你，这是为了你好，真的。回来吧，这里还有你所有的东西呢。

但愿现在你能明白，我们的争论没有一句是当真的。多么可怕的时刻！那时当我朝船上向你挥手，你为什么不下来呢？我们同居两年，却如此分手！你怎么打算的？如果你不愿再回到这里，我可以去你那儿找你吗？

对，是我错了。噢！

噢！你不会忘记我的，说呀，说你不会。

不，你不能忘记我。

我心里永远有你。

告诉我，回答你的朋友，我们是不是再也不会一起生活了？

勇敢些，立刻给我回信。

我在这儿已经待不下去了，

只听从你内心的召唤。

快，告诉我是否该去找你，

我的余生都是你的。

兰波

快点回信，我最多只能待到星期一晚上。我一个便士也没有，甚至都没办法寄出这封信。我把你的书和手稿交给韦尔梅什[①]了。

如果我从此再也见不到你，我就去当海员或者参军算了。

噢，回来呀，我一直在哭。让我去找你吧，我这就去。告诉我啊，给我发电报。我星期一晚上必须离开。你去哪儿？你要做什么？

---

① Vermesch，魏尔伦和兰波的朋友。政论家，曾创办《未来》等杂志。

回来吧

伦敦

1873年7月5日

亲爱的朋友：

我收到了你7月3日“于海上”的那封信。这次，你错了，完全错了。首先，你的信中全是消极。你的妻子是不回来，还是三个月或是三年以后回来，我怎么知道？至于你说的自杀，我太了解你了。在你等待着你的妻子和死亡的时候，你将来回奔忙，四处游荡，去惊扰很多人。苍天呐！难道你还没有看出来，我发脾气不也是装出来的吗，这种愤怒对于我们双方来说不都是虚假的吗？但是最终错的还是你，因为甚至在我叫你回来后，你坚持虚假的情感。你以为跟别人一起生活会比跟我在一起更幸福吗？好好想想啊！当然不会的！

只有跟我在一起，你才会感到自由！因为我已保证将来会好好的，已痛悔自己以前的争执和误解。因为我的心意很明朗，我非常喜欢你。倘若至此你仍不回来，还不让我去找你，你就是在犯罪，你会长年悔恨。因为你会失去所有的自由，遭遇比你经历过的还要糟糕得多的麻烦。然后，再回想一下你认识我之前是什么样子。

无论如何，我不会回到母亲那里。我要去巴黎，争取星期一晚上就离开。你将逼我卖掉你所有的衣服，我没有别的办法。现在这会儿衣服都还在，但是星期一早晨就会被全部拿走了。如果你想给我往巴黎写信，就寄到圣-雅克大街289号，给L·福兰，转交给兰波。他会知道我的地址的。

我答应你，假如你妻子回来，我不会给你写信，免得连累你。我永远也不给你写信了。

唯一诚挚的话是：回来吧。我想和你在一起，我爱你。如果你听到了这一切，你会拿出勇气和真心来。否则，我会替你感到难过。但是我爱你，我们会再见面的。

兰波

如果你给我寄信，寄到伦敦市坎登镇大学院街8号，我一直待到星期一晚上或者星期二中午。

告诉我兰波在做什么[①]

布鲁塞尔，邮局候领处

1873年7月5日

我亲爱的朋友：

我不在乎别人怎么说。哎，说实在的，不论这让我感到多么痛苦，我不得不暂时离开兰波。尽管如此，我还是给他留下了一些书和旧衣物，他可以将其变卖后返回法国，甚至在我以自杀相威逼后，我的妻子仍拒绝回来。我打算一直等她到明天中午，但

① Matuszewicz，此人是流亡英国的法国人，与旅英的巴黎公社社员都很熟，是魏尔伦的朋友。

是我知道她不会来的。我觉得就这样结束自己的生命真是太愚蠢了，因为我太悲惨了，相信我！我想我还是参加西班牙志愿军[①]吧。因为这个原因，我明天想去这儿的西班牙大使馆看看，希望很快就能成功。你能好心地帮我去伦敦坎登镇大学院街8号收拾那些兰波不想要的衣服和书吗？还有相当一大堆手稿、笔记簿等，这些他很可能遗留下了。我求你了，尤其是手稿，马上去，立刻，我会是这世上最感激你的混蛋。去吧，我乞求你了，一旦你拿到这些——如果可以的话，请立马给我写信并邮寄过来。告诉女房东（我已经跟她说过了），她将会收到我的7先令的汇款单（我明天寄给她），这是第二个星期的房租，我忘了提前支付了。

告诉我兰波在做什么。

我离开之后，他来找过你吗？写信告诉我。我极其担心！（是不是像个真正的婊子，嗯？）哦，苍天呐，这再不是玩笑之事！

我等着你的回复。不管寄衣服和手稿需要花多少钱，我会提前寄给你邮资，同时还有我的地址。因为从明天开始，我会订一个房间住几天。

先行感谢，你永远的朋友，

P·魏尔伦

---

① Spanish Republic Volunteers，这支军队支持堂·卡洛斯，因此也被称为卡洛斯志愿军，卡洛斯当时正与未来的西班牙国王阿方斯十二世争夺王位。这也就是说，魏尔伦想加入外籍军团，这是像他这样的绝望者通常会采用的做法。

我会非常勇敢

伦敦

1873年7月7日

星期一中午

我亲爱的朋友：

我看到了你寄给史密斯夫人[①]的信。很不幸，已经太迟了。

你还想返回到伦敦吗？你不知道大家会怎样接待你！当安德里厄[②]还有其他人再见到我和你在一起，他们不

① 兰波和魏尔伦住在伦敦坎登镇大学院街8号，史密斯是他们的房东太太。

② Andrieu，曾在塞纳省与魏尔伦共过事。其时正流亡英国，靠教授拉丁文和文学课生活。

知该是什么脸色呢！不过，我会非常勇敢。真诚地告诉我你的想法，你是不是因为我而想回到伦敦的？什么时候？是我的信说服你的吗？但是屋子里已所剩无几了，除了那件大衣，其他都卖掉了。我得了两英磅十便士，但是要洗的衣物仍在洗衣店，我给自己留了一堆东西：五件背心，所有的衬衫，袜子，衣领，手套，还有所有的鞋子。你所有的书、手稿都安然无恙，被妥善保管着。换句话说，我卖的只是你一些黑灰色的裤子，一件大衣和一件背心，手提箱和帽盒。

但是，你为什么不跟我写信呢？

听着，宝贝，我想再多待一个星期。你会来的，是不是？跟我说实话。这需要真正的勇气。我希望这是真的。相信我，我会很乖的。

这由你决定。我等着你。

兰波

魏尔伦给兰波的电报

布鲁塞尔

1873年7月8日上午8点38分

西班牙志愿兵。来“列日大饭店”。如果可能的话，带着衣服和手稿。

魏尔伦

伦敦市坎登镇大学院街8号兰波。

枪响了

1873年7月10日（约上午8点）

过去这一年来，我和魏尔伦先生一直生活在伦敦。我们为报纸写稿，教法语课。他的陪伴日益变得不可能，我表达了想回巴黎的愿望。

一星期前，他丢下我前往布鲁塞尔，给我发了一封电报，让我来这儿找他。我两天前到了这里，和他还有他母亲一起住在布鲁塞尔一号街。我仍表达了想返回巴黎的愿望。他一直跟我说：

“好啊，走吧，你将会看到有什么事情发生！”

今天早上，他在圣-于贝尔商店买

了一把左轮手枪，中午回来时拿给我看。后来，我们一起去了布鲁塞尔大厦（Maison des Brasseurs），在那儿我俩继续谈论我的离去。差不多下午两点，我们回到库尔特雷城旅馆。他锁上房间门并在门前放了一把椅子，然后坐在椅子上，突然掏出手枪，打了两次，并说：

“好吧！让我教给你该怎么打算走吧！”

他是从三米之外开的枪，第一枪打中了我的左手腕，第二枪击中隔墙。魏尔伦的母亲当时在场，为我简单包扎了一下伤口。随后，魏尔伦和他母亲陪着我去了圣约翰医院，在那儿接受治疗。当治疗结束时，我们三个一起回到旅馆。魏尔伦仍不停地要求我不要离开他，留下来跟他在一起。我没同意。差不多晚上七点钟时，在魏尔伦还有他母亲的陪伴下，我离开了。当我们到达鲁普广场（Place Rouppe）附近时，魏尔伦走到我前面几步远的地方，接着他朝我转过身来，我见他把手放进衣兜里去拿手枪，我转身便往回走。我碰到了警察，并将此前发生在我身上的事情告诉了警察，这位警察要魏尔伦随他去警察局。

如果当时魏尔伦让我走了，我不会因为他用枪打伤了我而起诉他的。

A·兰波

他想离开我

1873年7月10日

我一个星期前来到布鲁塞尔，非常绝望、痛苦。我认识兰波不只一年了，曾和他在伦敦时住在一起。一个星期前我从那儿离开，来到了布鲁塞尔，主要为了处理我的事务，因为我还处于和妻子协商离婚期间。她现在在巴黎，宣称我和兰波有不道德关系。

我写信告诉我的妻子，如果她三天之内不回来，我就自杀。因为这个原因，我今天早上在圣-于贝尔商店买了一把手枪和一盒子弹，总共花了23法郎。

当我到达布鲁塞尔后，我收到了一封兰波的来信，他问我是不是可以到这里来找我。我给他发了一封电报，告诉他我会等着他。他两天前来到这里。今天，兰波看到我不开心，他想离开我。我屈从于一种疯狂的情绪，开枪打了他。那时，他没有提出起诉。我还有我母亲陪他一起去圣约翰医院处理伤口，又一起回到旅馆。兰波无论如何都想离开。我母亲给了他20法郎，作为去巴黎的路费。当他宣称我想杀死他时，我们正在去车站的路上。

P·魏尔伦

为什么一个朋友的离去使你如此绝望

1873年7月11日

问：你以前曾被指控过犯罪吗？

答：没有。确切地说，我也不知道昨天发生了什么。我写信给我住在巴黎的妻子，让她到我这里来，但是她没有任何回复。同时，我一个非常亲密的朋友，两天前来到布鲁塞尔找我，随后他又想离开我前往巴黎。这一切使我陷入极度绝望的境地。我为了自杀，买了一把手枪。回到我的房间后，我和这位朋友谈了话。他不顾我的乞求，还是打算离开我。在我心烦意乱的情况下，我开枪打了他，使他左手腕受了伤。随后我丢掉了手枪，第二枪意外地走火了。当我做完，立刻就后悔了，悲痛欲绝。我和我母亲带兰波去医院治疗。伤口很浅。他不顾我坚持要他留下的意愿，仍坚决地要返回巴黎。昨天晚上，我们陪他去火车站。走在路上的时候，我再次提出自己的请求（要兰波留下来），我站在他前面，就为了挡住他的去路。我威胁他，要他开枪打死我算了。他可能以为我在威胁他自己的性命，但这并不是我的想法。

问：你在布鲁塞尔做什么？

答：我期待妻子能来这里跟我汇合，自我们分居之后，她曾这样做过。

问：我不明白，为什么一个朋友的离去会使你如此绝望。你和兰波之间是不是有超越友谊的其他关系？

答：没有。这是我妻子和她的家人为了诽谤我故意编造的，是她为了想成功离婚而向法庭指控我的证词。

我特此声明，以上的陈述属实。

签名：P·魏尔伦

“因为你要离开！”

1873年7月12日

两年前，我在巴黎认识了魏尔伦。去年的时候，因为魏尔伦和妻子及她娘家的龃龉，他建议我和他一起到国外去。因为我没有个人收入，魏尔伦也只是靠写作和他母亲的资助过活，我们必须靠这样那样的手段来维持生计。去年7月的时候，我们一起到了布鲁塞尔，在那儿待了差不多两个月。由于我俩在这儿找不到工作，于是决定动身去伦敦。我们在伦敦一起生活，共用住所和一切事物，直到最近才从那儿离开。

因为上星期的一场争吵（我叱责他

懒惰，责备他在朋友面前行为不端，为此我们两个吵了起来），魏尔伦突然离我而去，甚至连去什么地方也没告诉我。然而，我猜想，他可能去了布鲁塞尔，或者他会穿过那儿，因为他坐了去安特卫普[1]的船。那时我收到了他一封“于海上”的信（稍后我会给你们的），在信中，他说想让妻子回来找他。如果她三天之内没有回复他的请求，他就会自杀。他还让我给他往布鲁塞尔的邮局候领处写信。后来，我给他写了两封信，请求他返回伦敦，或是同意让我去布鲁塞尔跟他汇合。也正是那时，他给我拍了一封电报，让我到布鲁塞尔来。我希望我俩能复合，因为我们没有任何分离的理由。

所以我离开了伦敦，星期二早晨到达布鲁塞尔，见到了魏尔伦。他母亲跟他一起。他没有明确的计划，不想继续待在布鲁塞尔，因为他担心这里根本没有适合他的工作。就我而言，我不想回到伦敦。因为他不停地跟我说，我们的离去肯定给朋友们留下了不好的印象，所以我决定还是回到巴黎。一会儿，魏尔伦表示愿意跟我一起回去，就像他说的，应该回去照顾他的妻子和岳父岳母。下一秒钟，他又会拒绝陪我同去，因为巴黎有他太多悲伤的回忆。他处于歇斯底里的状态，然而却非常强烈地要求我跟他待在一起。他时而感到绝望，时而会大发脾气。他的想法没有任何连贯性。星期三晚上，他酗酒了。第二天早晨，他六点钟出去了，直到中午才回来。他又陷入酗酒状态，并给我看他刚买的手枪。当我问他想用这把手枪干什么时，他开玩笑地说：“为你，为我，为每一个人！”他极度地紧张、兴奋。

当我们在房间的时候，他曾多次跑出去买酒喝。他仍想阻止我去巴黎，但是我去意已决。我甚至还向魏尔伦的母亲要去巴黎的路费。随后，在某一个时刻，他锁上通向楼梯的门，并坐在门前的一把椅子上。我背对着他站着。那时

① Antwerp，港市名称，位于比利时北部。

他对我说:“这是为你准备的,因为你要离开!”差不多就是这样的话。他用手枪指着我,开了火,打中了我的左手腕。第二枪紧跟着第一枪,但是这次枪没有对着我,而是朝向地板。

因为他刚才所做的事,维尔伦顿时感到悲痛欲绝。他冲向毗邻的他母亲的房间,扑倒在床上。他看起来像个疯子。他把手枪塞到我手里,让我朝他的太阳穴开枪。他的神态里有一种深沉的悲伤。

大约下午五点钟的时候,他和他母亲带我去医院治疗伤口。当我们回到旅馆时,魏尔伦和他母亲都建议我和他们住在一起,直到恢复了健康,或是回到医院等伤口愈合了再走。在我看来,伤口非常轻,于是宣称我要回到法国,回到夏尔维尔我母亲那里。这个消息让魏尔伦重新陷入绝望。他母亲给了我20法郎作为去巴黎的路费,他们陪我一起去火车站。

魏尔伦看起来很疯狂。他为了使我留下,什么事情都做得出来。他的手一直放在大衣的口袋里,那里放着手枪。当我们到达鲁普广场时,他走到我们前面几步远的地方,然后转身面对着我。他的举动使我害怕,他可能又狂暴得失去理智了。我转身往回走,就是那时,我向警察求救把他逮捕起来。

子弹仍在我的手腕里,还没被取出来。医生告诉我说两三天之后才行呢。

签名:A·兰波

我失去了理智

1873年7月18日

我开枪射向兰波的动机，已经在第一次证词中说得很清楚了。当时，我完全处于酗酒状态，失去了理智。是的，在我朋友穆罗[1]的建议下，我暂时放弃了自杀的计划。我决定自愿加入西班牙军队，但是西班牙大使馆不招募外国人，我的企图落空了。于是，我自杀的念头又回来了。就是在这种情况下，我在星期四早晨买了一

① Mourot，奥古斯特·穆罗，画家，是魏尔伦过去的旧友，也是魏尔伦夫人玛蒂尔德的教子。

把手枪。我带着着武器在Rue des chartreux街上的一家酒吧喝酒，我需要走这条街去拜访一个朋友。

我不记得和兰波发生了激烈的争吵，从而导致了我被指控的谋杀行为。我的母亲告诉我，我原先是想去巴黎，试图跟我的妻子做最后的和解。因此，不想让兰波和我一起回巴黎。但是这些，我自己都回忆不起来了。总之，发生射击事件之前的日子，我的思想非常混乱，完全没有逻辑。

如果我发电报召兰波来，那不是为了回去再跟他住在一起，而是为了跟他道别。我发电报的时刻，已打算参加西班牙军队。

我记起星期四晚上，试图让兰波留在布鲁塞尔。之所以这么做，是因为我被悲伤的情感鼓动，并且想向他证明我的态度，我所作的并不是蓄意的。我觉得他应该在伤口完全愈合后再去巴黎。

我特此声明，以上的陈述属实。

签名：P·魏尔伦

伤口会愈合

1873年7月18日

我仍坚持前些天做的陈述：在魏尔伦朝我开枪之前，为了让我留下来，他做了各种乞求。确实有一刻，魏尔伦表达了想回巴黎与他妻子和解的意图，并想阻止我跟他一起回去。但是他随时变换主意，不能决定一个计划。因此我看不出他在对我行凶时有什么严肃的动机。此外，他已完全失去理智，因为他当时处于酗酒状态。他上午喝了很多酒，当他内心感到痛苦时，总是习惯于借酒浇愁。

昨天，子弹从我的手里被取出来

了。医生说三四天之内，伤口就会愈合。

我打算回法国，回到夏尔维尔我母亲那里。

我特此声明，以上的陈述属实。

签名：A·兰波

兰波：撤诉

1873年7月19日

星期六

我，阿尔蒂尔·兰波，19岁，作家，居住于夏尔维尔（法国，阿登省），特在此声明，保证所说属实。7月10日，上周四，差不多下午两点钟时，保罗·魏尔伦先生在他母亲的房间朝我开了一枪，使我的左手腕负了轻伤。魏尔伦当时完全处于酗酒状态，没有意识到他的行为。

我完全深信，当魏尔伦先生买手枪时，对我并没有敌意。他锁上房间门时，也没有任何犯罪预谋。

魏尔伦先生的酗酒仅仅是因为他想到了和妻子魏尔伦夫人的困境。

我特此进一步声明，我自愿中止一切刑事、民事诉讼程序和监禁程序，并于今天宣布放弃一切在当前案件中，由公共事务部针对魏尔伦先生的行动可能带来的利益。

时间就这么没了

斯图加特[1]

1875年5月5日

几天前，魏尔伦出现在这里，手里拿着念珠……三个小时之后，我否定了他的上帝。我们神圣救世主身上的98个伤口开始流血。他在这儿逗留了两天半，颇为理智。在我的坚持要求下，他返回巴黎，最终去完成他的学业。

我还有一个星期就要离开瓦格纳

① Stuttgart，德国西部城市，巴登-符腾堡州首府，靠近黑森林和施瓦本。

家[①]了，我很后悔那些被我花到憎恶之事上的钱，那些时间就这么没了。15号的时候我将在某地“ein freundliches Zimmer”[②]。我在疯狂地学习德语，最多再过两个月我就可以结束了。

这里一切都相当贫乏——除了雷司令[③]，我从它的产地向你举杯。

阳光和冰冻天气适合鞣革。（15日之后，请寄斯图加特邮局候领处。）

你的，

兰波

① 在斯图加特，兰波住在哈森伯格街7号，住在欧内斯特-鲁道夫·瓦格纳的家里。

② 德语，意为“寻找一个合适的房间”。

③ Riesling，特指盛产于德国的一种葡萄，它主要用来生产葡萄酒。

这里没有什么新鲜事

>

夏尔维尔

1875年10月14日

亲爱的朋友：

一星期前收到了魏尔伦的来信和明信片。为了更方便些，我在邮局告诉他们将魏尔伦邮局候领处的信件直接寄到我家，那样的话，如果邮局候领处不工作了，你就可以在这写信了。对我们罗耀拉[1]的粗俗玩意儿，我

① Loyola,1491-1556,西班牙人,是罗马天主教耶稣会的创始人,也是圣人之一。他在罗马天主教内进行改革,以对抗由马丁·路德等人所领导的基督新教宗教改革。

没什么好评价的[1]。而且，我现在也没有多余精力去管那些了。似乎，74级第二批队伍将会被召集，在即将到来的11月的第三天，或是接下来的一个月。

营房里的场景：

“梦境”

夜晚，在兵舍里我们皆感到饥肠辘辘，
这是真的！
狂风在爆炸、喷发！
一个神灵说，我是格吕耶尔[2]奶酪！
勒菲弗说，给我空气！
神灵说，我是布里干酪[3]！
士兵们切开面包，
这才是生活，喂呼！
神灵说，我是洛克福羊乳干酪[4]！
我们会因它而死！
我是格吕耶尔奶酪，布里干酪……
是华尔兹
我们是一对，勒菲弗和我，等等。

---

① 魏尔伦曾给兰波写信，公开表明自己是一个基督徒，他用严厉的语气来教训兰波，兰波却将此称为“罗耀拉的粗俗玩意儿”。

② Gruyère，是源自瑞士弗里堡州小镇格吕耶尔(Gruyères)的一种干酪。

③ Brie，以法国东北部出产地命名的软牛奶乳酪。

④ Roquefort，是法国一种味道浓郁丰富的蓝纹奶酪。

这种全神贯注绝对引人入胜。总之，如果“罗耀拉们”出现，请好心地寄给我。

帮我个小忙：你能清楚而准确地告诉我进修科学（文学、数学等等）学位[①]有哪些要求吗？告诉我每科（数学、物理、化学等）应该得多少分，还有你们学校用的课本的名称，以及怎样才能买到它们？只要不是大学不同，教材不一样就好。无论如何，帮我问问那些看起来了解情况的教授或学生。因为我很快就要买书了，所以必须得到精确的消息。军事学院再加上一个科学学位，你可以想象会给我带来两三个愉快的季节！而且，我不再去关注文学了。

这里没什么新鲜事发生。

兰波

① 兰波此时正打算参加科学学科高中会考。

像个囚徒[1]

亚丁

1880年8月25日

亲爱的朋友们：

我想我最近给你们写过一封信，告诉你们我如何不得不遗憾地离开塞浦路斯[2]，穿越红海来到这里。现在我在一个咖啡进口商的公司工作。公司的代理人是一个退役的将军。公司生意还可以，且正变得更好。我挣得并不多，一

① Aden，位于阿拉伯半岛的西南端，扼守红海通向印度洋的门户，素有欧、亚、非三洲海上交通要冲之称，也是世界著名的港口。

② Cyprus，位于地中海东部。

天大约6法郎。我必须留下来，因为这里离其他地方太远了，所以我必须多待上几个月仅仅为了能挣到几百法郎，以备我不得不离开时使用。嗯，如果我留下来，我认为他们会给我一份有责任的工作，也许会在另一个城市办公，那样的话，我可以挣钱更快一些。

亚丁就是块可怕的岩石，不见一片草叶，一滴淡水。我们喝的都是蒸馏过的海水。这里气候极其炎热，尤其是6月和9月，是这里的三伏天，酷暑难耐。在一间凉爽并通风很好的办公室里，昼夜的温度都持续在35摄氏度。一切东西都很贵，如此等等。但我却无能为力，在我重新上路或找到一份更好的工作之前，我至少得在这里待上3个月，简直像个囚徒。

家里一切都好吗？秋收结束了吗？

请写信告诉我你们的近况。

阿尔蒂尔·兰波

埃及人的城市

哈勒尔[1]

1880年12月13日

亲爱的朋友们：

经过二十多天马背上的颠簸劳顿，我终于穿越索马里沙漠[2]到达这里。哈勒尔是一座被埃及人殖民的城市，并被埃及政府统治管辖。卫戍部队有好几千士兵。我们的办公室和仓库就坐落在这里。这个国家的贸易产品是咖啡、象牙、兽皮等，十分富裕，并且气候凉爽

① Harar，埃塞俄比亚城市，哈勒尔盖省首府，位于东部盖拉高原上。

② 居于地中海与印度洋的亚丁湾之南，是各国货轮出入苏伊士运河的必经海路。

宜人。从欧洲进口的所有种类的货物都是用骆驼运到此地的。此外，这里还是一个充满机遇的国度。我们这里没有正规的邮政服务，当什么时候方便时，我们必须到亚丁才能邮寄，所以你短期内不会收到这封信。我想你们已经收到我从里昂银行寄给你的几百法郎了，这样你们就可以寄出我要求购买的东西了。但是，我不确定什么时候才能收到它们。

现在，我身在盖拉族[①]的国度。我想我很快就会再向前进的。请经常给我写信。我希望你们一切顺利，身体健康。我会尽快再找时间给你多写信的。

寄信或寄包裹的地址是：亚丁总代理迪巴先生转交给兰波，哈勒尔。

① Galla，分布在埃塞俄比亚等国家。

我无意做别人的奴隶

哈勒尔

1881年5月25日

亲爱的朋友们：

亲爱的妈妈，我收到了您5月5日的来信，得知您的健康好转我很高兴。您可以休息一阵子了，在您这样的年纪，还不得不工作实在是太糟了。哎，我对生活并无太多的依恋。我即使活着，也只是习惯于过那种困顿的生活。但如果被迫去做现在这种累人的生活，被迫在这种恶劣的环境下为自己增添苦恼，而这种苦恼既强烈又荒谬，我恐怕会结束自己的生命。

我这里的境况还是那样，在3个月内我可能会寄给你们挣到的3000法郎。但是我想，我会用它们在这些地方开一个属于自己的小公司，因为我无意让自己一辈子都做别人的奴隶。

要是在这种生活里享受几年真正的安宁该多好呀！谢天谢地，这是唯一的生活——真的，因为人们无法想象能有哪种生活比这种生活还要苦恼！

你最亲爱的，

兰波

健康和生活不比金钱更宝贵吗？

哈勒尔

1881年7月22日，

星期五

亲爱的朋友们：

我最近收到了你们的一封来信，日期好像是5月或6月。你们因信件迟到而烦忧恼怒，那是不合理的。它们几乎是定期来的，只不过间隔长些罢了。至于你寄过来的包裹、箱子、书籍，我四个月前就一起收到并写信告诉你们了。主要是由于路途太遥远了，因为需要两次穿越沙漠，所以才使得邮寄时间翻了倍。

我从未忘记过你们，我怎么可能呢？如果我的信很短，那是因为我总在旅行，并且写信时总是匆忙，但是我会想起你们，并且只想你们。你们还期望我说些什么呢？这里的工作，我很厌恶；这个国家，我非常痛恨；如此等等。哎，我为什么要告诉你们，我用非凡努力制定的计划只给我带来一场持续两个多星期的热病，就像我两年前在罗什[①]害的那场一样糟糕！你们听了又能怎样呢？现在，我任何事情都可以接受，我什么也不怕了。

我要尽快和公司商定好，这样我的工资每3个月就会定期给你们汇到法国。我要让他们把迄今欠我的钱都寄给你们，之后就会定期收到了。在非洲我要这些无用的现金做什么？你们应该立即用这些钱买些增值财产，在一个声誉好的公证人监督下用我的名字登记注册，或者你们再想想其他方便实用的安排，找一个安全可靠的经纪人或银行家，在当地储存起来。我只想确保两件事：(1)它以我的名义被妥善安全地照看着；(2)它能带来定期的收益。

我必须确认的是我和征兵局没有瓜葛[②]，这样他们就不会阻拦我随后享有这些财产。

无论何时你们需要用钱时，从帮我照看的财产利息中拿取就行。

三个月之内你们收到的第一笔财产可能多达3000法郎。

这是相当明智的。目前我不需要钱，而且我在这里也不指望会从中获得什么收益。

我希望你们能成功完成这项任务。不要搞得自己筋疲力尽，那是很愚蠢的事情！难道健康和生活不比世界上所有污秽肮脏的金钱更加宝贵吗？

---

① 法国地名。

② 实际上，法国当局认为兰波是逃兵，因为他始终没有参加过军训，而且也未能提供免除军训的相关文件。

愿生活得平静，

兰波

我总有一天要找到它们

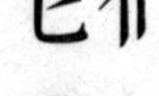

哈勒尔

1881年9月2日

亲爱的朋友们：

我想在收到你们7月12日那封信之后，我已给你们写过一次信了。

在非洲的这个地方，我仍过得很悲惨。这里的气候闷热潮湿，我的工作既荒谬又辛苦，而且居住环境也普遍地荒唐可笑。此外，我跟管理人员还有其他人有一些不愉快的龃龉和争吵，我几乎都决定停止工作，打包走人了。我打算自己在这片区域尝试一些项目，假如没有结果（这点我会立刻发现的），我就很快离开。因为我希望能在一个更好的环境中做更智慧的工作。或在公司的其他分部继续工作，这也是很有可能的。

你说你们给我寄了一些东西，木箱、日用品等等，这些我都还没收到。我收到的只是你根据清单买的一箱子书和一些衬衫。总之，我的订单和信件总是在这个疯狂的地方打圈。想象一下，我去年11月份在里昂订购了两套亚麻西装，到现在什么也没收到呢！

六个月前我需要一些药物，要求他们从亚丁寄过来，到现在还没收到。所有的东西都在路上，真是见鬼。

在这个世界上，我所求的只是舒适的气候和适合自己的、有趣的工作。我总有一天要找到它们！我也想听到你们的好消息，希望你们身体健健康康的。我亲爱的朋友们，收到你们的来信是最令我高兴的事，希望你们能有比我更多的幸运和幸福。

再见，

兰波

我已经让他们告诉里昂的总公司了，让他们把我从1880年12月1日到1881年7月31日的工资总额，以现金形式给你们邮寄到罗什，应该会有1165卢比（1卢比差不多相当于2法郎12生丁）。一旦你收到现金后，请即刻写信让我知道，并做些适当的投资。

至于征兵局，我认为我仍有良好的信誉。如果不是，这会令我非常心烦意乱。关于这点要认真查证。我会很快在亚丁得到签证，到时我会解释我的情况。

向费雷德里克[①]问好。

① Frédéric Rimbaud，兰波的哥哥。

我是一个无所畏惧的资本家

亚丁

1882年4月15日

亲爱的妈妈：

我4月12日时收到了您3月30日写给我的信。

看到您感觉身体好转的消息，我非常高兴。关于健康，您必须保持良好的精神状态。只要您还活着，思考令人沮丧、忧愁的事情就是徒劳无用的。

至于您谈起我的利息收益，它们并不很多，而且一点也不使我烦忧。当我全部所有只是自己的时候，我能失去什么呢？我是一个无所畏惧的资本家，既不会害怕自己的投机买卖，也不会害怕其他人的此类活动。

我亲爱的朋友们，谢谢你们传递给我的殷殷盛情。我对你们致以同样的心意。

原谅我一个月没有写信，因为有各种各样的工作侵扰我，烦着我。我仍在原来的公司，在同样的工作安排下。只是工作更多了，且花光了所有的钱，我决定不再在亚丁停留了。一个月之内，我要么回到哈勒尔，要么前往桑给巴尔[1]。

从现在起，我不会再经常忘记写信了。天气很好，我身体也很好。

你的，

兰波

① Zanzibar，位于东非坦桑尼亚东部一个岛上的印度洋沿海城市。

哪条道路更好些

亚丁

1882年9月10日

亲爱的朋友们：

我收到了你们7月份的来信和地图，谢谢。

我这里没什么新鲜事，一切都是老样子。我还剩13个月就可以离开公司了。我不知道能否熬过去。现在亚丁的代理商会在6个月之内离开，有可能我会顶替他的位置。这个职位一年的薪酬差不多10000法郎，这可比做雇员好多了。如果那样的话，我会在这里再待上五、六年。

总之，我们将看到哪条道路更好些。

我希望你们一切都好。

对了，当心你们在信里所说的话，我认为他们在这儿正试图检查我的往来信函。

你的，

兰波

我容许自己打了他

亚丁

1883年1月28日

亚丁

法国副领事

德·加斯帕里先生（M·de Gaspary）

亲爱的先生：

请原谅我陈述下面的事情来叨扰你。

今天，上午11点钟的时候，一个名叫阿里·舍马克（Ali Chemmak）的员工，对我非常粗野傲慢，我容许自己打了他，没有愤怒。

仓库的苦力和各种各样的阿拉伯目击者随后抓住了我，以便让他反击我。刚才说到的那个阿里·舍马克打了我嘴巴，还撕破了我的衣服，最后手持一根棍子，用它威胁我。

在场的一些人介入劝止。阿里离开后立刻去了警察局报案，指控我对他人身攻击，而且还带了几个证人。他们声称我曾威胁要杀了他等等，以及其他一些设计好、对他有利的谎言，以激起当地民众对我的仇恨。

因为这件事，我已经被亚丁的治安法庭传唤过了，并且获许通知您作为我受到当地民众恐吓的法国领事。如果事情结果看起来确实需要的话，我会请求官方保护。

我仍是，

你最真诚的，

兰波

孤独一人可不是什么好事

哈勒尔

1883年5月6日

我亲爱的朋友们：

4月30日的时候，我在哈勒尔收到了你们3月26日的来信。你说你们给我寄了两箱书。可我在亚丁的时候只收到一箱，就是迪巴说帮我省了25法郎的那箱。另一箱就是有测量仪的那箱，可能现在已经到达亚丁了。在我离开亚丁前，我真的寄给你们一张100法郎的支票和另一张书目的清单。你们应该已把支票兑现，或许已买回我要的书了吧。反正，我不记得准确的日期了。我会尽快寄给你们另一张200法郎的支票，因为我需要订购更多的摄影底片。

这真的是一个极好的主意。如果我想要，我很快就能挣回我花掉的2000法郎。这里的每个人都很想给自己照张相，他们甚至愿意为照一张相花费一基尼[1]。我还没有张罗起所有的事情，而且我对摄影也还不是非常了解。但是，我很快就会，到时候我会寄给你们一些有意思的东西。

信里附了两张我拍摄的自己的照片。这里的情况总比在亚丁时好些，这里的工作更少，有更多的新鲜空气和绿色植物……

我在这里又重新续接了3年合同，但我认为公司很快就要关门，因为早已入不敷出了。不管怎样，我们已经达成共识，当我离开公司时，他们会付给我三个月的工资作为赔偿金。到今年年底，我就在这个公司干了整整三年了。

如果碰见一个认真严肃的、受过良好教育的男人，一个有前途的男人，伊莎贝尔还不结婚是非常错误的。生活就是这样，在世上孤独一人可不是什么好事。就我而言，我很后悔未能结婚成家。而今，被迫流浪，被遥远的商业冒险缠身，日复一日，使我对气候、生活方式失去了兴致，甚至对欧洲语言也不感兴趣了。

咳！如果多年后的某一天，我还不能在一个多少适宜居住的地方歇息、安顿，建立一个家庭，至少有一个儿子，倾自己的余生，按自己的方式去教育他，让他享受那时最完善的教育，看他成为一个著名的工程师，一个依靠科学而强大、富有的人，那么目前这种在异国他乡来来回回地奔波，辛勤劳作，到外族人中间去冒险的举动、这种用功去熟记各种语言、历经各种磨难的做法又有什么用呢？但是，谁知道我还要在这群山包围中待多久？我会消失在这些野蛮的部落中悄无声息。

① Guinea，英国旧时金币名，一基尼值21先令。

你们跟我谈到政治。殊不知，这对我来说毫无意义！两年多来，我从未碰到一张报纸，这一切的冲突在我看来都是不可理解的。像所有的穆斯林一样，我知道该发生的事已发生了，不必纠缠不休。

唯一使我感兴趣的是家里的消息，我总是幸福地在脑海里描绘你们田园劳动的场景。家里的冬天太糟糕、太寒冷、令人悲伤。但现在是春天，这个时节的气候和哈勒尔这时的差不多。

看看照片上的我，一张站在门前的台阶上，一张站在咖啡园里，还有一张双手交叉，站在香蕉树下。相片有些发白，因为冲洗照片用的显影水质量不好，但不久我就会做得更好。这些照片只是为了让你们回想起我的脸，也让你们对这乡村附近一带的风光有个大体印象。

再见，

兰波

因为战争

哈勒尔

1884年1月14日

亲爱的朋友们：

我只有时间简单问候一声，并告知你们公司现在陷入困境（因为受这里战争的影响），哈勒尔的子公司已进入停业清算阶段。几个月内我很可能离开这里到亚丁去。就我而言，在公司的问题中并没有什么损失。

我身体很好，也希望你们在1884年身体健康，一切顺利。

兰波

向你的工作致敬

>

亚丁
1884年4月23日

亲爱的兰波先生：

战争使我们公司不得不停业清算，使我们不得不离开你出色的服务。

我们借此机会向你的工作表示敬意，对过去四年你在不同职位上捍卫公司利益时表现出的智慧、正直、奉献致敬，尤其是在哈勒尔做办事处主管时。

致谢，

你最真诚的，

马泽朗，

维安尼和巴尔代

生意正在好转

亚丁

1884年6月19日

亲爱的朋友们：

写这封信是告诉你们，在合同相同的条款下，我在亚丁又被重新雇佣了6个月，从1884年7月1日到12月31日。生意正在好转，目前我在亚丁，还是原来的那个地址。

去年没有收到的那箱书，一定是被遗落在马赛[1]的运输事务所了，在那儿包裹肯定没有发出，因为在那儿我没有一个人可以帮我签署装货单，并支付相

① 法国的第二大城市和最大海港。

应的费用。如果它仍停留在马赛的运输事务所，把它拿回来，并试着分批再给我邮寄一次。我搞不懂它们怎么会丢呢。

谨致问候，
兰波

新的工作

亚丁

1884年7月10日

亲爱的朋友们：

十天前我开始了新的工作，就是我被雇佣到1884年12月底的那份工作。

我很感激你们的提议！但是，只要我能找到工作并能够容忍它，我最好还是留在这里赚点小钱吧。

我真的很想寄给你们至少10000法郎。但是由于目前生意还很不景气，近期我很有可能辞掉工作，从事自己的生意。无论如何，这里很安全，所以我想在这儿再待上几个月。

希望你们有个好收成，与我这里45摄氏度的高温相比，希望你们能有个更清凉的夏天。

兰波

亚丁，巴尔代有限公司

我的孩子，你为什么沉默？

罗什

1885年10月10日

阿尔蒂尔，我的儿子：

你沉默了太长时间，为什么要如此沉默呢？哎，没有孩子的人是幸福的，如果不爱他们还会更幸福些！因为不管孩子发生什么，他们都会毫不动容。我可能不应该担心，去年这个时候你就六个月没给我们写信。而且我给你写的信，不管它们是多么紧急，你一封也没回。但是，这回已经八个月没收到你的信了。对你来说，我们是无价值的，因为不管我们发生什么事，你都漠不关心。然而，你不可能以这种方式忘记我们。发生了什么事情？你失去了自由？还是你病得太厉害，连笔也握不住了？你不在亚丁？还是已经搬到中国去了？为了追踪你的消息，我真的已快疯了。我再说一遍：多么幸福，哦，没有孩子的人是幸福的，如果不爱他们还会更幸福些！至少他们不用担心被欺骗，因为他们的心灵是关闭的，对周围的一切都漠不关心。

我为什么还要再劳累自己？谁知道你会不会读这封信？或许根本就寄不到你那里，因为我连你在哪儿、在做什么都不知道。

很快你就会应征去参加两个星期的军事训练，警察会再次到这里来找你。到时我该说些什么？就像你以前做的那样，至少你应该给我寄一份延期证明，那样我也可以拿给军事当局们看。哎，这已经是第三次我问你要了，仍毫无音讯。到那时，上帝的旨意就完成了！我做了我应该做的。

你的，

V·兰波

就业证明

我，阿尔弗雷德·巴尔代，特此声明：我雇佣阿尔蒂尔·兰波先生作为代理人和采购员，从1884年4月30日到1885年11月底。除了对他服务和谨慎周到的赞扬，没什么可说的。他和我已经解除合同了。

（给P·巴尔代）

阿尔弗雷德·巴尔代

亚丁，1885年10月14日

跟拉巴蒂的合同

我，皮埃尔·拉巴蒂，绍阿的商人，特此声明：从现在起一年内，为了回报他的价值，我将付给阿尔蒂尔·兰波先生总额5000玛丽亚银币[①]（今天在亚丁估算的）。我同意支付兰波先生全部费用，他将把我的沙漠商队运送到绍阿。

皮埃尔·拉巴蒂

亚丁，1885年10月4日

---

① Maria-Theresa，1780年在奥地利发行的硬币，曾作为贸易货币在中东各国使用。

新的旅程

亚丁

1885年10月22日

亲爱的朋友们：

当你收到这封信时我可能在塔朱拉[①]，它坐落在丹卡利[②]海岸，在奥博克[③]殖民地。

在和那些卑鄙的吝啬鬼猛烈吵了一

① Tadjourah，吉布提的旧名，位于亚丁湾西端海湾。

② Dankali，旧地名，吉布提港附近一带。

③ Obock，旧地名，1862年被法国占领，为红海亚丁湾地区的据点和船舶加煤站。1872年前是法属索马里的行政中心。后因吉布提港兴起而衰退。

通之后，我辞职了。他们[1]以为可以永远折磨我，以为我余生都会继续留在这里取悦他们。我为这些人做了很多，他们想尽一切办法使我留在这里，但我告诉他们：和你们利益、生意、臭名昭著的公司、肮脏的城镇一起下地狱去吧！更别提他们总是给我惹麻烦，老是试图使我放弃任何赚钱的机会了。好的，让他们下地狱去吧！……他们给了我一个极好的、有效5年的推荐信。

数千只步枪正在欧洲运往到这里的路上。我正组建一支商队将它们带给孟尼利克，绍阿[2]的国王。

前往绍阿的路途非常遥远。两个月的艰苦跋涉差不多能到安科贝尔[3]，绍阿的首都，并且从这里到那里都是恐怖的沙漠。但有一个地方，在阿比西尼亚[4]，气候非常宜人。人民是基督徒，热情友好，并且生活成本很低。那儿只有很少几个欧洲人，可能总共就有十个吧。他们以进口枪支为职，这个职业国王付的钱很多。如果不遇到麻烦的话，我希望到那里去，并从这趟旅行中获益。用不了一年，我就能带回25000或30000法郎的利润。

如果一切顺利的话，你们可能会于1886年秋天在法国见到我，在那儿我会采购新的货物。我希望一切能顺利，你们为了我也这样希望吧，我真的需要它。

如果我能在三年或四年内在已有的财产上增加大约100000法郎的话，我就能欣然摆脱这个腐烂堕落的国家了。

我去年已经用邮船把我的合同寄给你们了，向军事当局阐明我的情况。我希望从现在起一切都会合乎程序。同样，你们从未让我知道我应该服的是那种

① 指的是阿尔弗雷德·巴尔代和皮埃尔·巴尔代兄弟。

② Shoa，东非古王国；现为埃塞俄比亚省份，省会亚的斯亚贝巴。

③ 现在是埃塞俄比亚中部阿姆哈拉州北施瓦地区的小镇。

④ 今称埃塞俄比亚，位于非洲东北的国家。

兵役。所以，现在如果我去领事馆办证明，我都无法让他知道我的情形，因为我也不清楚自己，这太荒谬了！

不要再往巴代尔那个地址写信了，那些卑鄙之人会切断我的通信。在这封信的日期之后，接下来的三个月或者至少两个半月内，直到1885年底（包括从马赛到这里的两个星期），你可以通过下面的地址写信给我：

法属殖民地奥博克

塔朱拉

阿尔蒂尔·兰波。

身体健康，一年顺利，好好休息，繁荣兴旺。

最美好的祝愿，

兰波

商队

塔朱拉

1885年12月3日

我亲爱的朋友们：

我在这里正努力组建一支前往绍阿的商队。因为这里海关的原因，工作进展很缓慢。但是无论如何，我希望在1886年1月底离开这里。

我很好。按照我给你的那个地址，把我需要的字典寄给我。从现在起，给我写信都用那个地址，他们会把它们转交给我。

一年以前，这个塔朱拉附属于法国殖民地奥博克。它是个丹卡利的一个小村庄，有几座清真寺和几株棕榈树。那里有一个埃及人从前建立的要塞，现在那儿有6个法国士兵正在睡觉，他们归掌管哨所的中士管辖。这个地方是保护国[①]，当地的贸易就是贩卖奴隶。

欧洲的商队就是从这里前往绍阿的——非常少，并且完成非常困难。因为这里沿岸四周的土著人都已成为欧洲的敌人，自从英国海军上校休伊特使蒂格雷人[②]的皇帝让签署了废除奴隶贸易（而那是当地唯一能赚钱的生意）的条约，这里成为法国保护国后，没有人试图干涉阻碍这项贸易，一切更平静了。

不要认为我成了一个奴隶贩子。我们进口的东西是步枪（那种我们40年前废弃的老式叩击步枪），在法国或列日[③]的二手武器商人那里每支花费7或8法郎。你可以把他们卖给绍阿的国王梅内里克二世，差不多40法郎一支。但是，会牵涉其他巨大的花费，更别提商队往返路上的危险了。沿途都是丹卡利人，贝督因[④]牧民，狂热的穆斯林，他们很危险。是的，我们确实是有枪支火器，而贝督因人只有长矛，但是每个商队都遭到过攻击。

一旦你越过哈瓦什河，你就进入了强大的孟尼利克国王的领地。那里生活着从事农耕的基督徒，而且非常好客。地势很高，超过海平面大约3000米，气候宜人，你可以完全无忧地生活。欧洲制造的所有东西需求都很大，当地人

① 保护国是非独立国的一种，也是殖民统治的一种特殊形式。帝国主义国家为了掠夺原材料产地和国际市场，用强力的手段迫使弱小国家，落后国家同它签署不平等条约，以“保护”为名，控制和吞并弱小国家。这些弱小国家就称为保护国。

② Tigre，绝大多数分布在埃塞俄比亚的厄立特里亚北部和东北部以及达拉克群岛；少数人散居在苏丹共和国卡萨拉省东部边境地区。属埃塞俄比亚人种，系东北非闪米特人的一支，包括哈巴布人、马里亚人和门萨人等支系。

③ Liège，位于比利时东部默兹河与乌尔特河交汇处、邻近比利时与荷兰的边境，是该国重要城市之一，也是列日省首府。

④ Bedouin，在阿拉伯语中是“沙漠之子”的意思，生活在北非和亚洲西部。

对我们也很友好。这里一年下6个月的雨，就像哈勒尔一样，它是埃塞俄比亚高原的山麓。

祝你们在1886年里身体健康，一切顺利。

谨致问候

兰波

期待离开

塔朱拉

1886年2月28日

我亲爱的朋友们：

自从上次收到你们的来信，已经过去差不多两个月了。

我仍在这里，并且有望在这里再待上三个月。这非常讨厌，但最终都会结束的，我会启程并达到那儿，希望没有任何意外。

我所有的货物都卸掉了，现在正等着一个大商队起程，以便加入它们。

我开始怀疑你们是不是忘记整理

了，忘记把阿姆哈拉语[①]字典寄过来，我在这儿什么也没有收到。尽管它可能在亚丁，但是自从我第一次写信提到那本书，已经过去六个月了。你看你们为我寄所需之物是多么的高效啊：六个月一本书！

一个月，或六个星期内，夏天又要来到这该死的海岸了。我希望不必花太多时间在这儿，能在几个月内就离开这里前往阿比西尼亚的山地——那儿是非洲的瑞士，没有冬夏，四季如春，开满鲜花，生活舒适又便宜。

我仍计划在1886年底或1887年初返回这里。

谨致问候，

兰波

① Amharic，埃塞俄比亚的官方语言，属阿非罗-亚细亚语系闪语族。

炎夏

>

塔朱拉

1886年7月9日

亲爱的朋友们：

我今天才收到你们5月28日的来信。我完全搞不懂这该死的殖民地的邮政服务。我定期写信的。

这里有了一些麻烦，但是沿岸没有残杀。一支商队在路上被袭击了，但那是因为它守卫不严。

我沿岸的生意仍没敲定，但是我打算在9月份一定进行。

我方才刚收到字典。

我很好，同时也设想一下这里的夏

天，在阴凉处都有52摄氏度。

谨致问候，

阿尔蒂尔·兰波

行程

塔朱拉

1886年9月15日

我亲爱的朋友们：

好久没有收到你们的来信了。

9月底时，我确定动身前往绍阿了。

我在这里滞留了太长时间，因为我的合伙[①]人生病了。回到法国后，他们写信告诉我说他快死了。

我得到了他货物的授权书，所以无论如何我都得出发。但是，我将一个人前往，因为索莱耶（我本来想加入的另

① 指拉巴蒂。

一支商队）也死了。

我的行程至少要持续一年。

在我离开之前我会再写信给你们的。我很好。

身体健康，天气晴好。

阿尔蒂尔·兰波

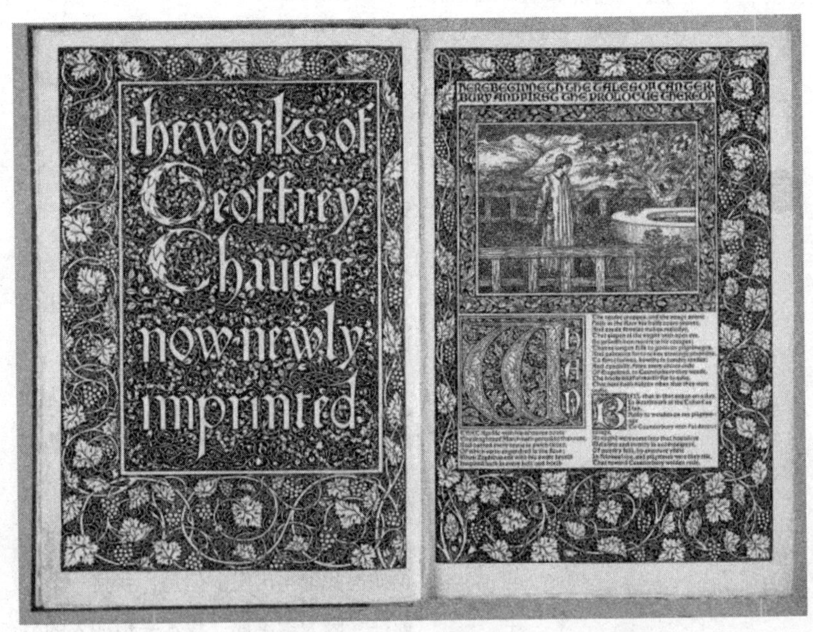

国王的致谢

孟尼利克二世，绍阿、卡法[①]以及附属盖拉地区的国王：

向兰波先生问候，你好吗？

感谢上帝，我身体很好，我的军队也很好。

你寄的信，我们已经收到了。很感谢你提供的消息。

利息支付金额太高了。我给德加斯·马科南[②]发了一份支票，让他付钱给

① Kaffa，埃塞俄比亚西南部边境省，与苏丹相毗邻。

② 此人是哈勒尔的新任总督·孟尼利克的表兄弟；孟尼利克把阿卜杜拉·埃米尔赶下台后便任命他的表兄弟当总督。

你。你可能从他那里拿到这笔钱。

如果你有来自欧洲和马萨瓦[1]的消息，请立刻写信告知。

写于1887年6月，在安科伯尔[2]。

① Massawa，曾为埃塞俄比亚厄立特里亚地区首府，东临红海。

② 绍阿首府。

我的命运是流浪

开罗

1887年8月23日

亲爱的朋友们：

我去阿比西尼亚的旅行结束了。

我已经给你们解释过原因了，因为我的合伙人死了。在他的遗产问题上，我在绍阿遇到了很多麻烦。他的债务，人们要我加倍偿还。为了从这些事务中脱身，我度过了一段很艰难的日子。如果我的合伙人没死，我本来可以赚到差不多30000法郎。而现在，经过近两年筋疲力尽的劳碌，我只挣到15000法郎。我真是不走运！

我来到这里是因为今年红海那边热得简直不能忍受：持续45℃到54℃的高温。经过七年你们难以想象的艰辛和最可怕的贫困，我已经变得非常虚弱。我想在这里休养两三个月，这会使我重新振作起来，但是需要花费很多。因为我在这里找不到任何工作，且生活像在欧洲时一样，非常昂贵。

这些日子，我被后背腰部的风湿病折磨得死去活来，另一处在左腿，它时不时令我麻痹瘫痪。左膝关节疼痛而僵硬，右肩也有风湿（已经好长时间了），我的头发也全部灰白。我现在的情况可能很糟糕，生命处于危险的境地。

想象一下，经过以下的冒险：乘船漂洋过海，骑马长途跋涉，没有合适的衣服，没有食物、水等等，一个人的健康应该是什么样的。

我疲惫至极。目前我没有工作。我很害怕失去仅有的积蓄。你们知道，我腰间时时缠着一条包裹着一万六千几百法郎金币的腰带，重达18磅，这使我得了痢疾。

因为一些原因，我仍不能回欧洲：首先，在那儿过冬，我会死的；其次，我已习惯了漫无目的的流浪生活；最后，我还没有找到一个工作。

所以，我只好在艰难和贫困的流浪生活中度过残生，我唯一的前景只是痛苦的死亡。

我不会在此久留，因为我没有工作，且这边一切都很贵。我不得不回苏丹，阿比西尼亚或阿拉伯半岛。也许我会去桑给巴尔[①]，从那儿我可以做穿越非洲的长途旅行，可能我会去中国或日本，谁知道呢？

好了，请写信告诉我你们的消息。祝你们平安、幸福。

你们的，

兰波

① Zanzibar,是坦桑尼亚的一部分。

地址：埃及开罗，邮局自取，阿尔蒂尔·兰波

我工作，我旅行

哈勒尔

1888年11月10日

亲爱的朋友们：

我今天收到了你们10月1日的来信。我非常想回法国去看你们，但是暂时让我离开非洲这个偏僻的角落是完全不可能的。

但是亲爱的妈妈，要注意休息并照顾好你自己。你已经历了足够多的麻烦。好好休息，至少要照顾下你的健康……

请相信我的行为是无可指责的。无论我做什么，总是别人在剥削我，占我的便宜，他们的行为才该受到指责。

我经常说起自己在这一地区的生活，但是讲得还不够。我并没有其他更多的事情好讲，这里的生活非常艰难，难以避免的烦恼和疲惫使我的生活变得更加艰辛，但是我毫不在乎！我唯一想知道的就是你们很幸福，并且身体健康。就我而言，我早就习惯了这种生活。我工作，我旅行。我想做一些好的事情，有用的事情。结果会怎样呢？我还不知道。

不管怎样，自从我搬到内地来后，我感觉好多了，至少比先前好多了。

请经常给我写信。不要忘记您的儿子和你的哥哥。

兰波

生意

>

哈勒尔

1888年5月15日

亲爱的朋友们：

我又在这里重新安顿下来，这次会待一段时间。

我现在正着手建立一个法国贸易站，以我先前在这儿经营的公司为模型，但是有一些改进和革新。

我现在参与了一些相当大的贸易，时不时地赚一些钱。

你们可以告诉我色当[①]最大的布料制造商的名字吗，或者你们所在地的

① 法国东北部阿登省城镇。

也行？我想从他们那里订购少许布料，这样可以在哈雷尔和阿比西尼亚分散销售。

我身体很好。我有很多事情，但都要独自一人去做。这个地方很凉爽，我很高兴能在这儿得到休息。在海岸上度过了三个夏天之后，仅仅能在这凉爽的气候中休息或凉快一下就令我感到十分满足。

你们要好好的，给你们最美好的祝愿。

兰波

生意把我拴住了

哈勒尔

1889年5月18日

亲爱的妈妈，亲爱的妹妹：

我收到了你们4月2日的来信。看到你们一切都好，我很高兴。

在这个地狱般的国家，我还是很忙，且挣到钱和所受的挫折不成比例。在这些黑鬼中间，我们过得很悲惨。

这个地方唯一的好处是从不结冰，它最低不低于10℃，最高超不过30℃。但是现在是倾盆大雨的时节，像你们一样，它使我们无法工作。

任何到这里来的人绝不会赚一百万——如果他花了太多时间和当地土著在一起的话，得了一百万虱子倒是很有可能。

你们或许已经在报纸上得知皇帝约翰内斯（一些皇帝！）死了，被马赫迪的追随者杀害了。我们这儿也间接地处在这位皇帝的统治之下。我们直接在绍阿国王孟尼利克的统治下，但他自己要向皇帝约翰内斯进贡。去年我们的孟尼利克起兵反抗那个魔头约翰，他们做好了真正交锋的准备。当约翰内斯有了去镇压马赫迪人民的聪明主意，靠近玛塔玛塔[①]时，他留在那儿，和地狱一起！

这里平安无事。我们在官方上是阿比西尼亚的一部分，但是却被哈瓦什河分开了。

我们仍和泽拉[②]、亚丁有联系。

我很遗憾今年不能去参观世博会[③]，生意上的事情把我拴住了，这里只有我自己，如果我离开的话，生意就彻底泡汤了。有机会下次再去吧，或许下次我可以把这里的商品拿去展览，或许还可以展示我自己，因为在这边待了这么多年之后，我觉得自己的样子看上去可能挺奇怪的。

希望收到你的来信，愿你们有好的天气，好的时光。

兰波

---

① Matama，是新西兰北岛的一个小镇。

② Zeila，今在索马里境内，位于与吉布提的交接处。

③ 1889年，为纪念法国大革命100周年，在巴黎举行法国第三届世博会。会期是1889年5月5日至10月31日，有35国参加，3200万多人次参观，总面积96公顷，投资830万美元。

共识与商讨

孟尼利克二世，埃塞俄比亚的王中王：

向兰波先生问候，表达我诚挚的欢迎。

你1889年6月4日从哈勒尔寄来的信已经收到，我已把它看完了。马科南公爵会赶紧回来，他已被授权看管哈勒尔地区的贸易，你最好还是应该跟他达成一些共识。此外，如果他不向我提及这件事，我会跟他讲的。如果你以我的名义借钱给任何哈勒尔官员，你只要给马科南公爵出示文件，他会还给你的。

至于萨乌雷先生商品价格一事，

我们会跟伊格先生商讨的。

1889年9月25日。写于恩托托[①]。

① Antotto,埃塞俄比亚山区,风景优美,孟尼利克曾在恩托托山脚下建立新的国都,即花园之城——亚的斯贝巴斯。

我唯一的乐趣

>

哈勒尔

1890年2月25日

亲爱的妈妈和妹妹：

我收到了你们1890年1月21日的来信。

千万不要因为我写信少而心烦意乱。原因很简单，因为我找不到任何有意思的事情来说。当你们置身于这种地方，你会发现要做的事情比要说的事情多多了！沙漠里到处都是愚蠢的黑鬼，没有道路，没有邮政，没有游客。在一个这样的地方，你们希望我能写些什么呢？写我的无聊厌烦，写我遇到了难题，写我累得不成样子，写我已经筋疲力尽，写我无法让自己离开这里，等等等等！这就是全部，是我可以说的全部。既然对于他人来说没有任何乐趣，所以我最好还是沉默不语。

这里有很多残杀，事实上，当地有很多突袭。幸运的是我从来没在那样的场合附近，我可不打算在这儿失去我的战利品——那太愚蠢了！不管怎样，因为我的仁慈和关心，我在这片区域和商队路线上还享有一定的尊敬。我从未冤枉或无理地对待过任何人，相反，一旦有机会我总是做点好事。这是我唯一的乐趣。

我与蒂昂先生[①]做生意，就是那位写信告诉你们我很好的那位。如果线路不会被时断时续的战争和起义封锁的话（这威胁到我们的商队），生意可能不会太坏，这些你们可以在报纸上读到。这位蒂昂先生是亚丁城的大商人，他是绝不会卷入这些事务的。

与那些来自所谓文明国家的白人相比，哈勒尔人既不笨，也不卑鄙，他们只是做事方式与众不同，仅此而已。事实上，他们甚至比白人还友善，也更值得信赖，有时还会表现出感激之情和忠诚之意。和他们接触时一定要有人情味。

马科南公爵，你们可能在报纸上读到过。他是阿比西尼亚驻意大利大使馆的头目，去年曾那样张扬，小题大做[②]，现在他是哈勒尔城的总督。

希望能快点见到你们。

谨致问候，

兰波

① Tian Cesar，塞泽尔·蒂昂，兰波的生意伙伴。

② 指的是马科南在意大利进行的国事访问，意大利人于1899年8月20日在那不勒斯，后来又在罗马隆重地接待了绍阿的使团。

在地狱般的地方做生意

哈勒尔

1890年4月21日

亲爱的妈妈：

我收到了你2月26日的来信。

很遗憾，我没有时间结婚，也没有考虑要结婚。长久地离开生意对我来说是绝对不可能的。当你在这些地狱般的地方做生意，你绝不会摆脱掉它。

我身体很好，但每分钟都会多生出一根白发来。这已经持续了很长时间了，我担心过不了多久，我就会有一个像粉扑一样的头。头皮会毫不客气地披露出岁月的痕迹，这真让人感到懊恼，但又有什么办法呢？

谨致问候，

兰波

找一个愿意跟我去流浪的人

哈勒尔

1890年11月10日

亲爱的妈妈：

我刚刚收到你1890年9月29日的来信。

谈到婚姻一事，我一直想说，即便结婚了，我依然要保持自由，去旅行，去国外生活，甚至继续生活在非洲。对于欧洲的气候，我已经不太习惯了，以致于得花一段艰难的时光才能适应它。即便假设我有一天回到法国，我也不可能在那儿过冬。那时，我该怎样建立联系？还能找到什么工作？那是另一个问题。不管怎样，有一件事对我来说是不可能的，我不能总待在家里过日子。

我应该找一个愿意跟随我去流浪的人。

我的存款被很好地照看着，当我需要时，随时可拿。

蒂昂先生是一位很受敬重的商人，在亚丁已经工作三十多年了。我是他在非洲部分的合作伙伴，我们已经做了两年半搭档了。我自己也独立承担些工作，很自由。此外，什么时候想清算债务，完全随意。

我向沿岸发送了一些商队，满载着当地的货物：黄金，麝香，象牙，咖啡等等。不管我跟蒂昂先生做什么生意，都会有一半的利润归我。

想得到更多的消息，可以写信给亚丁的法国领事德·加斯帕里先生，或是他的继承者。

在亚丁没有人说我的坏话，相反，十年来，我在这一带的名声还不错。

这是告求婚者书！

因为哈勒尔没有领事馆，没有邮政，没有公路。到这儿来，只能骑在驼背上，而且还得跟黑鬼生活在一起，但是至少是自由的，气候也很好。

这就是我的情况。

再见，

A·兰波

静脉曲张

>

哈勒尔

1891年2月20日

亲爱的妈妈：

我收到了您1月5日的来信。

除了天气是全欧洲最寒冷的地方，愿你们一切都好。我是从报纸上看到这则消息的。

我目前情况不是很好，至少，我右腿上的静脉曲张，给我带了很多痛苦。这就是我在这个糟糕的国家辛苦挥洒汗水所得的报偿！静脉曲张是风湿的并发症，当然，这里并不寒冷，但仍是由气候引起的。由于这腿上该死的疼痛，我已经有两个星期晚上没合过眼了。我很想离开，但是我认为亚丁的热天对我身体的恢复有好处，而且这里的人们欠我很多钱，如果我走了，钱就没了。我在亚丁订购了一双适于静脉曲张人穿的弹性袜，但是我觉得那里根本没有卖的。

所以请你们帮我个忙，帮我买一双治疗静脉曲张的弹性袜，要适于我这样干瘦细长的腿（我穿41码的鞋子）。这双袜子得超过膝盖，因为有一条静脉曲张已经延伸到了膝盖上面。这种袜子是棉的或者是带有弹性的丝线，丝织的最好，而且耐用。我不认为它们很贵，再说，我会寄钱给你们的。

当我等着的这会儿，我已把腿上缠上了绷带。

将邮件包好，寄给亚丁的田先生，他一有机会就会立刻转交给我。

在弗兹埃尔你们可能会买到这种袜子。无论如何，让当地医生从其他什么地方帮我订购一双好的来。

这种病是因为我长期骑马、长途跋涉造成的。这个国家是崇山峻岭的迷宫，有的地方甚至都不能骑马。没有什么道路，甚至连羊肠小道也没有。

静脉曲张不会威胁到你的健康，但是它令人无法从事任何剧烈的运动，这真是个问题。如果你不穿特制的袜子的话，静脉曲张会引起疼痛。即使这样，腿里面的神经也不会轻易地忍受穿上这种袜子，尤其是晚上。最重要的是，我该死的右膝处还有风湿病，这快折磨死我了，而且它常常只在夜里剧烈发作！你们要知道现在这里是冬天，气温并未低于10℃，但是却有一阵阵干风，这对白人的身体伤害很大。即使是25到30岁之间的年轻欧洲人，只要在这里待上两三年，也会得风湿病的！

糟糕的食物，肮脏的住所，单薄的衣衫，各种各样的问题，厌倦，跟愚蠢黑人相处时产生的接连不断的愤怒，这些在短时间内深深地摧毁着健康和精神。这里的一年相当于其他地方的五年。在这里，你老得很快，同整个苏丹一样。

当你给我回信时，告诉我，像我这种情况征兵局怎么处理，仍必须去服役吗？这点请务必确认一下，并来信告知。

兰波

我已病成一副骨架

亚丁

1891年4月30日

>

我亲爱的朋友：

我刚收到了你们的来信和两只袜子，但我是在非常悲惨的情形下收到的。

眼看着我的右膝越来越肿胀，关节处的疼痛日益剧烈，但却得不到任何治疗和建议，因为哈勒尔全是黑鬼，没有医生。于是我决定回到这海岸，我不得不放弃生意，这并不容易，因为我的钱散在许多地方，但是最终差不多我都解决好了。差不多有二十天，我在哈勒尔躺在床上，丝毫动弹不得，忍受着残酷的疼痛，彻夜不能入眠。我雇了16个当地搬运工人，每人15塔勒[①]，从哈勒尔到泽拉。我有一个帆布顶棚做的担架，我就是躺在里面靠它来行进的。我们在哈勒尔山地与泽拉港之间的沙漠中走了20天，行程近300公里。这一路我经历了什么就不说了。我一步也不能离开担架，我的膝盖眼看着肿起来，疼痛也不断加剧。

我一到这里，就进了一家欧洲人开的医院。这里只有一间病房，供付得起费用的人住。我住了下来，那个英国医生一看我的膝盖，就说这是滑膜炎肿瘤，并且已经到了很危险的阶段，还说这是因为没有得到好的照顾和过度疲劳造成的。刚开始他说要截肢，后来又决定再等上几天，看看在药物治疗下肿胀会不会完全消失。现在已经六天了，除了疼痛减轻了一些外，还没什么进展，这是因为我得到了休息的缘故。你们知道滑膜炎是一种关节处有积液的病，它可能是由遗传、事故或其他种种原因导致的。至于我，肯定是由于在哈勒尔步行或骑马时精疲力竭造成的。嗯，就我现在的情况，即便一切顺利，我也不敢奢望三个月就能痊愈。我直挺挺地躺在病床上，腿被绷带缠着，用皮带固定着，完全动弹不得。我已经变成一副骨架，很吓人。我的背被床板擦破，一刻也不能入眠。这里的天气很热。尽管我花了好多钱，医院的伙食仍是很差。我不知道该怎么办。另一方面，我还没有和我的合伙人田先生结账，这事至少需要一个多星期。我差不多会从这笔生意中得到35000法郎。我本来可以挣得更多，但是因为我不幸的离开，损失了好几千法郎。我想乘船去法国接受治疗，这趟旅行会使我度过这段时间。法国的医疗条件和药品都要好得多，并且空气也好，我很可能回去。可糟糕的是去往法国的轮船总是客满，因为每年这个时候大家都要从殖民地回家，而我这个可怜的伤残之人需要特别仔细地运

① 当时红海沿岸流通的一种货币。

送。哎，无论如何，我一个星期就动身出发。

然而，不要太担心这些，好日子在前面呢。但是，这么多劳作、贫困和痛苦竟然得到一个如此凄惨的报答！哎！我们的生活竟是如此悲惨！

向你们致以最衷心的问候。

兰波

另外，至于袜子，它们已经没用了。我会找个什么地方把它们卖掉。

生死攸关

马赛

1891年5月22日

今天，你或者伊莎贝尔，坐特快列车到马赛。星期一上午将会截肢。有生命危险。许多重要的事情要交代。

阿尔蒂尔

兰波：圣胎医院。盼复。

振作起来

我这就动身。明天晚上到。振作起来，要有耐心。

V·兰波

一切都会被时间治愈

马赛

1891年6月17日

我亲爱的妹妹伊莎贝尔：

我收到了你的便笺，还有从哈勒尔被送回的两封信。在那些信件中，他们说先前曾退回罗什一封。你没有收到任何东西吗？

我仍未给任何人写信，且仍无法下床，医生说我还要在床上再躺一个月，即使那时我也不能再走路了，除非是很缓慢的挪动。在曾经的腿部仍有神经痛，我是说截肢后留下的那部分。我不知道这一切怎样才会结束。

哎，一切听天由命吧，我从不幸运！

但是，这样谈论葬礼是为什么呢？不要如此难过沮丧，要有耐心，照顾好你自己，坚强些。真的，我很想见你。你怎么了？有什么事吗？一切病痛都会被时间和细心照料治愈的。无论如何，你必须接受，不要绝望。

当妈妈离开我时，我非常生气，我也不知道为什么。但是目前她应该陪在你身边帮助你比较好。请她原谅我，并代我问好。

到我们真正见到彼此时“再见”，但是谁知道那会是什么时候呢？

兰波

圣胎医院

马赛

没日没夜地哭

>

马赛

1891年6月23日

我亲爱的妹妹：

你好久没给我写信了，出了什么事情？你的信让我很难过，只要不是新的不幸，你应该给我写信，因为我们同时遭遇了太多不幸！

除了没日没夜地哭，我什么也做不了。我是个将死之人，余生只能是个残废。我以为两周内就能痊愈的，但是也只能靠拄拐行走。至于假肢，医生说我还得等很长一段时间，至少六个月！那么在此之前我应该做些什么，我能到哪里去？如果我去你那里，三个月内甚至更短的时间寒冷就会将我驱赶，因为六个星期之后我才能离开这儿，这样刚好有足够的时间练习使用拐杖！所以，我得到七月底才能到你那儿。然后，九月底我又不得不再次离开。

我完全不知道该怎么办，所有这些快把我逼疯了。我从没睡过一分钟的觉。

放眼未来，我们的生活是多么恐怖啊，无边无际的恐怖！我们活着是为了什么呢?

写信告诉我你过得怎么样。

我最美好的祝福。

兰波

圣胎医院

马塞

想念非洲

马赛

1891年6月24日

我亲爱的妹妹：

我收到了你6月21日的来信。我昨天已经给你写了一封信。6月10日，我什么也没有收到，既没有收到你的信，也没收到从哈勒尔来的信。我只收到14日的两封信。我很好奇，10日那封信一定出了什么事。

你在谈论什么新的令人恐怖的事情？关于征兵的事情怎么样了？当我26岁的时候，我不是从亚丁给你寄过一份证明，说我正在一个法国公司工作，这就意味着提出延期。当我向妈妈问及此事时，她总是回答说一切都被照应得很好，我不需要担心任何事。四个月前我在一封信里问你，他们是不是可以为我做一些事情，因为我想重返法国，但我没有得到任何消息，所以我认为你们已经安排好了所有事情。现在你写信告诉我，我被报告失职，他们正在寻找我，等等等等。不要去咨询这件事，除非你确定能不引起他们的注意。据我所知，现在没有危险，因为这事儿，我得回去！让我在经历了这些之后去蹲监狱？我宁愿去死！

是的，已经很长一段时间了，无论如何，我都宁愿自己已经死了。一个瘸子能在这个世界上做些什么呢？到目前为止，我已永远地沦为流放者了！因为征兵的这些事我确定无法再回去了——即便我很幸运，能够坐船或经由陆路离开这里，穿过国界。

今天我尝试拄着拐杖行走，但是只能迈上几步。我的腿是高位截肢，对我来说要保持平衡非常困难。除非我能够得到一个假肢，否则走路会非常费力。但是截肢的地方有神经痛，所以在疼痛彻底消失之前戴上假肢是根本不可能的。对有些截肢者来说这会持续四个月、六个月、八个月、十二个月！医生们总是告诉我神经痛几乎不会少于两个月。如果我只痛两个月，我将是非常幸运！我丝毫看不出用拐杖走路有什么好处，你不能上下楼梯，那是一件很可怕的事。你随时有摔倒或断裂的危险。我以前曾设想，到我有力气使用假肢时，可以和你在一起待上几个月，但是现在我发现那是不可能的。

好了，我会习惯这种情形的。命运让我死在哪里，我就死在哪里。我希望可以回到曾经生活的那个地方[①]，在那儿我有十年的朋友，他们会怜悯我。在他们的帮助下我可以找一份工作，在那儿我仍可过活。然而在法国，除了你，

① 兰波仍想回到非洲，他工作了十年的地方。

我既没有朋友，也没有熟人，任何人都没有。如果我无法见到你，我就回到那里。无论如何，我必须回到那里。

假如你可以查明我的兵役状况，不要让他们知道我在哪里。我甚至担心他们会在邮局知道我的名字。不要把我告发。

谨致问候，

兰波

木腿

>

马赛

1891年6月29日

我亲爱的妹妹：

我收到了你6月26日的来信。我前天收到它，是从哈勒尔寄过来的。至于6月10日那封信，没有任何消息。它消失了，既不在阿蒂尼[①]，也不在这里的医院，但是我认为它可能在阿蒂尼。从你寄给我的信封上我可以准确地知道是从谁那里发出的。他很可能是由迪米特里·拉斯签署的。他是个希腊

① Attigny，是法国香槟-阿登大区阿登省的一个市镇，属于武济耶区阿蒂尼县。

人，住在哈勒尔，我留下他照顾一些生意。我一直在等你询问的有关征兵的消息，但是不管发生什么，我很害怕圈套和陷阱。不管他们会给你什么样的保证，我现在没有一点去找你的愿望。

而且，我现在完全动弹不了，已经忘记该如何行走了。我的腿治好了，伤疤也痊愈了，这好得很快。顺便说一下，这让我觉得截肢或许本可以避免。就医生们而言，我已经治愈了。如果我想的话，他们会签名让我明天就能回家。但是为什么啊？我一步也不能动！我整天在户外，在折叠式躺椅上，但却不能动弹。我练习使用拐杖，但是它们很不好用。此外，我太高了，而且腿是高位截肢，保持平衡对我来说非常困难。我刚迈出几步就得停下来，因为我害怕再次摔倒致残！我想让他们给我做一个木腿，这样他们可以把残肢塞进用棉花填充好的木腿的上端，借助手杖的帮助，我就可以走路了。在和木腿适应了一段时间之后，如果残肢变得强壮有力，你可以再订购一个带有关节的木腿，这样停下来时会更容易，差不多就能走路了。我什么时候才能到那个阶段？从现在到那时，我说不定会发生什么新的事情。但是下次，我准备好摆脱这痛苦的训练了。

你给我写信这么频繁，这不是一个好主意。我的名字会在罗什和阿蒂尼的邮局被人注意，危险就是从这些地方来的。除非无可避免时，请尽量少给我写信。不要写阿尔蒂尔，只写兰波就行。让我尽可能快、尽可能准确地知道哪些军事当局想要逮捕我，以防他们追踪我，我该付多少罚金。那时我会尽快坐船过去。

希望你健康，顺利。

我害怕慢慢耗尽自己

马赛

1891年7月2日

我亲爱的妹妹：

我收到了你6月24日和26日的来信，刚才又收到了6月30日的那封。唯一丢失的就是6月10日的那封，我有理由相信它是在阿蒂尼邮局被拦截了。这里没有人看起来对我的生意有一丁点感兴趣。在罗什之外的其他地方给我寄信，这是个好主意，这样它们就不用经过阿蒂尼邮局了。那样的话，你想给我写多少信都可以。再次问一下征兵的事情，我必须完全知道自己的处境。

所以做你该做的事，并且无论如何给我个消息。我真的很害怕掉进陷阱，不管发生什么事，我会很犹豫回去。我不认为你会得到一个确定的答复，而我将不会到法国和你住到一起，因为当我在那里时，他们很可能会来找我。

尽管残肢上的神经痛仍和以前一样糟糕，但是伤口已经愈合很长一段时间了。我可以站立了，但是现在我的另一条腿非常虚弱。这不是因为长时间在床上躺着的缘故，也不是因为缺乏平衡，而是因为如果另一条腿不肿胀的话，我根本无法用拐杖走上几分钟。我现在怀疑自己是不是有骨骼疾病，我是不是会失去另一条腿？我恐惧死亡，害怕慢慢耗尽自己，所以我不用拐杖。我定制了一只木腿，它只有两千克重，一星期就会做好。我会试着用它小心地走路，可能得需要一个月才能慢慢适应它，或许医生鉴于我神经痛还没好，现在还不让我用它走路。至于那种可伸缩有弹力的假腿，目前对我来说太重了，残肢忍受不了它的，只能晚些时候再用。而且它们和一个木腿的价格差不多，大约花费50法郎。因为这所有的一切，我7月底仍会待在医院。现在，我一天付6法郎，每个小时得到差不多60法郎的烦恼。我夜晚睡觉从未超过两个小时，就是这种失眠使我害怕还有什么其他的病在前面等着我。当我想到我的另一条腿时，我很恐惧，因为这是我和土地唯一的接触与联系了！在哈勒尔我的腿开始脓肿时，和现在一样，开始时也是连续两个星期失眠。哎，这也许是我的命运，注定要变成一个废物！到那时，也许征兵局会放过我！

让我往好处想吧。

希望你身体健康，有幸福的时光。给你最美好的祝愿。再见。

兰波

我只是个静止的树桩

马赛

1891年7月10日

我亲爱的妹妹：

我收到了你7月4日和8日的来信。我很高兴我的兵役状况最终彻底解决了。征兵卡一定是在我旅行时弄丢了。当我可以再次四处行走时，我要看看是不是应该在这儿或者其他地方申请延期。但是，如果在马赛，我认为最好还是把征兵局的信带在身边，所以把它寄给我吧。一旦有了它，没人敢碰我。我还有医院院长签署的截肢证书，有了这些文件，我确定可以在这儿申请到延期。

我可以站立，但是感觉并不太好。到目前为止，我只学会了用拐杖走路，仍不会上下台阶，必须有人抱着我的腰，才能使我上去或下来。我让他们给我做了一个木腿，非常轻，涂过漆并填充好棉花，做得非常好（花了50法郎）。我几天前戴上它，试图拄着拐杖四处走走，然而却使得残肢发炎了。于是，我就把那个该死的东西拿掉了，近两三个星期内都不能用它。在那之后，我至少还要用拐杖一个月，一天最多一到两个小时。它唯一的好处是有三个支点，而不是两个。

所以我又回到了拐杖。每当我想起过去的旅行，我感到多么烦恼、多么厌烦、多么伤心啊，而仅仅五个月前，我还在到处奔波呢！跨越高山时所走过的道路，骑马、散步时所经过的地区，荒野、河流、大海究竟在什么地方呢？现在我是就个废物！我开始明白，那些拐杖、木腿、假肢都是一堆笑话。那些东西只会使你像瘸子一样四处拖拽着自己，没法做任何事情，而我本决定这个夏天回法国结婚的！别了，婚姻！别了，家庭！别了，美好的未来！我的生命没有意义，现在我只是个静止的树桩。

即便是有木腿，想四处走走也得需要很长一段时间，而这是最容易的部分。我估摸着，为了仅仅能用木腿和手杖走上几步，就得需要至少4个多月。最困难的是上下楼梯。六个月之后我才可以尝试使用假肢，并且非常困难，图什么啊？真正的问题是我的腿截得太高了。腿截得越高，截肢后的神经痛就会越剧烈、越持久，所以一个从膝盖处截肢的人，会很快适应假腿的装置。但是，现在这一切都没有意义了，生活本身也一样。

这里与埃及相比，并没有凉爽多少。中午是29℃到32℃，晚上是24℃°到29℃。哈勒尔的气温更舒适些，尤其是晚上，从未超过10℃或16℃。

我无法告诉你我打算做些什么，我现在太消沉，甚至连我自己也不知道。我重说一遍，我感觉不是很好。我真的很害怕有什么事情会发生。我的残肢比另外一条腿肿胀好多，并且总是神经痛。而且医生从不来看我，因为就医生而言，一旦伤口愈合，他和你的关系就结束了。他告诉你，你已经治愈了，他不会再重视你，除非你突发炎症或者有其他并发症，他才不得不拿出手术刀。每个人都知道，那些人只会把病人当成做实验的东西，尤其是在医院里，当他们得不到报酬时。总之，他们只是想得到医生的工作，为了树立名声和建立客户。

当然，我非常想去罗什，因为那儿更凉爽。但是我有些疑虑，那儿是不是有适合我“杂技”训练的地方？而且，我很害怕它可能会从凉爽变为寒冷。最主要还是因为我动弹不了，我不能走那么长时间。实话告诉你吧，我觉得里面并没有治愈，我现在正等着可怕的事情发生……我必须被抬上火车，再抬下来，等等等等。这太麻烦、太费钱、太操心了。我的病房一直付费到七月底。我会考虑的，并看看在等的这段时间我能做些什么。到那时，我想一切都会好的，正如你一直告诉我的——不管生活如何愚蠢，人们都要坚持紧握不放。

请把征兵局的信寄给我。这里正巧有一个警察局分局局长，和我在同一桌上，他总问一些征兵局、兵役的事来烦我，或许已经准备好告发我了。

原谅我的打扰。谢谢了。祝你好运，身体健康。

写信给我。

最美好的祝愿，

兰波

我被困在疾病的暴风雨中

马赛

1891年7月15日

亲爱的伊莎贝尔：

我收到了你13日的来信，我现在正给你回信。我正考虑该如何处理征兵局的信和医生的证明呢。当然，我很想解决这件事，但是我自己根本做不到，因为我几乎无法给自己的脚穿上鞋子。好了，我会尽自己最大努力去应付的。至少，有了这两个文件之后，我不用再去冒蹲监狱的风险了。因为军队很轻易地就可以把一个瘸子送进监狱，即使是在医院。返回法国的证明怎么样了，我该去哪儿，该怎样拿到它呢？这里没人能给我点儿指导，在我自己瘸着腿弄清楚之前，还要花好长一段时间。

我整日整夜想着四处走走的方法，这真的很折磨人。我想做这做那，到这去到那去，看看风景、生活。想摆脱这里简直不太可能，如果不是永不可能的话，至少很长时间内不可能！我身边看到全是那些该死的拐杖，我无法迈步，没有这些手杖我就不能生存。如果不用最痛苦的“体操”动作，我甚至不能给自己穿上衣服。是的，我必须去那些用拐杖可以走路的地方，而且不能上下楼梯。如果地面不平整的话，从一个肩膀到另一个肩膀的弹跳会使我筋疲力尽的。我的右肩和右手臂上有很严重的神经痛，拐杖上端磨得我右腋窝生疼，简直快把我的肩膀锯掉了！我左腿上也有神经痛，整天必须经受这些“杂技”训练，仅仅为了使自己看起来还活着。

下面是我认为最终导致我生病的原因。从11月到次年3月，哈勒尔的气候非常寒冷。通常我都没穿很多衣服：简单的亚麻裤和一件棉布衬衫。最重要的是，我必须每天行走15到40公里，骑在马背上，或行走在陡峭的山地，做疯狂而愚蠢的旅行。我想一定是由于疲劳、炎热、寒冷的缘故，才导致了膝盖处的关节炎。事实上，这一切开始时像有个东西在膝盖骨下捶打（打个譬喻），一分钟轻轻重复一次。关节处很僵硬，大腿处神经收缩，后来膝盖四周的血管开始肿胀，我还认为肿胀是静脉曲张呢。我继续行走，比过去工作还要努力，认为这只是因为寒冷而患的小伤。后来，膝盖里面的疼痛加剧，每一步走起来都感觉里面像有人钉钉子。尽管很困难，我仍坚持行走，尤其是坚持骑马，即使每次下马几乎都会使我变跛。再后来，膝盖上面肿胀起来，膝盖骨变得僵硬、沉重，皮肤也感到很紧。我一走动便感疼痛，从踝关节到腰部的神经忍受着极大的痛苦，我只能一瘸一拐地走路。情况继续恶化，但是我仍有很多工作要做，所以我把腿从上到下用绷带缠起来，摩擦它、冲洗它都没有效果。后来，我失去了胃口，开始经常性的失眠，变得非常虚弱、单薄。差不多3月15日时，我决定躺在床上，至少让四肢伸展开。我在钱箱、账簿和窗户中间安了一张床，这样可以将整个院子尽收眼底。在我躺在床上时，或至少我的腿伸展在床上的时候，为了继续生意，我付给人们更多的钱。但是每天肿胀都使膝盖看起来像一个保龄球。我仔细观察了，胫骨的内表面要比另一条腿要大很多。膝盖骨变得不能动弹，被肿胀的膝盖分泌物所淹没。几天之后，我惊恐地发现它变得像骨头一样坚硬。那时，整条腿变得很僵硬，差不多一个星期已经完全僵硬了。我只有拖着脚才能进入浴室。然而，小腿和大腿上部开始变得越来越细瘦，而且膝盖和皮肤仍在肿胀，硬化，更准确地说是骨化。我的身体和精神也日益衰弱。3月底我决定离开。在几天之内，我亏本地解决好了所有的账目。僵硬和疼痛使我根本不能骑上骡马，甚至骆驼。于是，我用帆布做了一个担架，雇了16个人抬我到泽拉，用了差不多两个星期的时间。行程的第二天，我超过了商队很远。我们被暴风雨困在一个空旷的地方，在那儿我平躺了16个小时，没有任何庇护，也动弹不了，这对我伤害很大。旅行当中，我从未离开过担架。他们把我放在哪儿，就在哪儿搭一个帐篷。后来，我在担架边缘用手戳了个洞，这样我可以让自己翻动身体。虽然这需要费很大的劲儿，但是这样我就可以通过那个洞来调整姿势，尽管这使我浑身覆满泥土。早上，他们把帐篷从我身上拿掉，再把我抬起来。到泽拉时，我早已筋疲力尽，麻痹瘫痪。在那儿，我只休息了四个小时，正好有艘去往亚丁的船，我被丢在床垫上(他们必须用担架把我抬上船)，且必须不吃不喝在船上熬过三天。在亚丁时，我才解除了担架。随后，我花了几天时间和田先生解决生意问题。之后到了医院，两个星期之后，那个英国医生告诉我要回欧洲治疗。

我确信，我的关节痛如果得到及时治疗的话，疼痛很容易就会停止了，也就不会有什么并发症，都是我固执地走路太多、工作太多才耽误了一切。

在学校的时候他们为什么不教我们医学知识呢？至少教那么一点儿每个人都需要的，以避免犯下如此愚蠢的错误。

如果有人处于我之前的那种状况，前来询问我的意见，我会说，你已经到那个节骨眼了吗？绝不能让他们切掉你的哪一部分。可以让他们把你屠宰，把你切开，把你撕成碎片，但绝不要让他们切掉你的哪一部分。即使你因此而死去，也比你残缺地活着强。很多人就是这么做的，如果我可以重新开始的话，我也会这么做。与其让他们切掉你身体的一部分，还不如在地狱里过一年呢！

看看现在的我：坐着，每隔一会儿起身，拄着拐杖跳走几步，然后再坐下。手里不能拿东西，走路的时候，我的脸无法从仅剩的那只脚和拐杖的底端移开，头和肩塌陷下去使我看上去像个驼背。当你看到周围有人和物移动时，你会发抖，因为你害怕他们会把你撞倒，把你剩下的那根腿也弄断。看到你跳来跳去，人们会发笑。你往后仰坐，手磨破了，肩擦烂了，看上去像个疯子。绝望吞噬了你，你只能干坐着，毫无办法，呜咽着等待天黑，而夜晚带给你的只有失眠和更坏的明天，以及更坏的下一天、下下一天，如此日复一日……

最诚挚的祝福，

兰波

到处都是病

马塞

1891年7月20日

我亲爱的妹妹：

给你写这封信的时候，我右肩正经受着剧烈的疼痛，痛得几乎让我无法提笔写信，正如你能看到的如此凌乱的笔迹。

这都是由于治疗不善变成了关节炎的缘故。我已受够了这儿的医院，每天都可能感染上天花、伤寒或其他疾病。这里到处都是病，我要离开了，医生也说可以，并说离开这儿对我更好。

所以，两三天之内我就会出发，我会尽最大努力拖拽着自己去看你。因为没有木腿我就不能行走，现下就算拄着拐杖我也只能走很小几步，不然我的肩膀就会恶化。按你所说，我将在冯克（Voncq）站下车。至于房间，我想住楼上。不要再给我往这儿写信了，因为现在我随时就会离开。

再见，

兰波

兰波遗言

马塞

1891年11月9日

一份：一颗象牙

一份：两颗象牙

一份：四颗象牙

一份：两颗象牙

致经理：

先生：

我特向您询问，我和你是否还有账目尚未办完。我今天想换另一条航线，现在这条线我甚至不知道叫什么。但是不管怎么样，我都得从阿菲纳尔(Aphinar)经过。这些航线哪里都去，可无助又不幸的我却找不到一条，街上的流浪狗都知道这一点。

请告诉我，从阿菲纳尔到苏伊士港要多少钱。我完全瘫痪了，因此我很想早点登船。请告诉我，几点钟应把我抬到船上去……